우진 현대 판타지 장편소설

WISHBOOKS MODERN FANTASY STORY

다시 태어난

베토벤

다시 태어난 베토벤 1

우진 현대 판타지 장편소설

초판 1쇄 찍은 날 | 2019년 4월 3일
초판 1쇄 펴낸 날 | 2019년 4월 10일

지은이 | 우진
펴낸이 | 예경원

기획 | 위시북스
편집책임 | 이규재
편집 | 위시북스

펴낸곳 | 예원북스
등록번호 | 제396-2012-000132호
등록일자 | 2012. 7. 25
KFN | 제1-388호

주소 | 경기도 고양시 일산동구 호수로 646-24 위너스21Ⅱ빌딩 206A호 (우)10401
전화 | 031-819-9431 팩스 | 031-817-9432
E-mail | yewonbooks@naver.com

ISBN 979-11-6424-235-1 04810
     979-11-6424-234-4 (set)

우진 현대 판타지 장편소설
WISHBOOKS MODERN FANTASY STORY

다시 태어난 베토벤

1

Wish
Books

CONTENTS

• 머리말 •

다시 글을 쓰게 될 무렵의 일이다.

습작으로 남았던 무협지를 다시 작업했는데 그리 좋은 반응을 얻지는 못했다. 그러나 무엇 하나 진득하게 하지 못했던 내가 유일하게 마무리 지었던 일이었다.

그 충족감을 이루 다 말할 수는 없지만 그것은 마치 내가 여태 살아온 이유를 알려주는 듯했다.

편의점과 당구장, PC방 파트타이머, 물류센터 근로자, 직업학교 단순 사무 보조원, 텔레마케터, 인바운드 상담원 그리고 장르소설 편집자까지 여러 일을 했으나 결국에는 글을 쓰기 위해 살아온 것이 아니냐는, 중2병 가득한 생각이 들 정도로 말이다.

하지만 현실은 녹록지 않았다. 소설만으로는 생계를 유지할 수 없었고 글을 쓰기 위해서는 돈을 벌어야 했다. 재능 따위는 조금도 없었기에 그저 좋아하는 일을 하는 것에 만족했다. 즐거웠다. 근 2년간 하루 서너 시간을 자는 것이 고작이었지만 그때와 지금이 내 인생에서 가장 행복하고 열정적인 순간이었다.

때때로 인기 있는 작가들을 부러워했던 적도 있었다.

2006년, 지금도 정액제 서비스를 하고 있는 모 연재 사이트에서 연재했던 첫 번째 소설 〈마법학교 잉고노스〉부터 이후 세 질을 쓸 때까지 이렇다 할 반응이 없었다. 그렇기에 스스로 재능이 없다는 생각에 빠져 버렸던 것이다.

그러나 재능이 없다는 이유로 글쓰기를 포기할 수는 없었다. 오늘 글이 재미없다 해서 내일 글을 쓰지 않는다면 모레 글은 오늘보다 못할 거라 생각했다. 매일 쓰다 보면 어제보다 나아지진 않아도 일주일 전보단 나아질 거라 믿었다. 평범한 재능이라는 것이 글을 쓰지 말아야 할 이유는 아니었다.

돈을 벌지 못하는 이유도 글을 포기하는 이유는 될 수 없었다. 돈이야 다른 일을 해서 벌면 되었다. 시간이 부족하다면 게임을 안 하고 TV를 안 보고 잠을 덜 자면 될 뿐이었다.

그렇게 직장을 다니며 두 질의 소설을 동시에 연재하다 보니 문득 한 가지 생각이 들었다.

재능 없는 사람은 재밌는 글을 쓸 수 없는 건가?

그것이 〈다시 태어난 베토벤〉의 시작이었다.

재능보다는 집착에 가까운 노력을 통해 성장하는 이야기를 쓰고 싶었다. 사랑받는 소설을 쓰고 싶었다. 라면도 그만 먹고 싶었다.

처음에는 오리지널 캐릭터를 내세우려 했지만 시장성이 부족하다고 판단. 모두가 알 만큼 위대했지만 노력했던 천재들을 찾기 시작했다.

결과는 그때까지의 내 생각과 전혀 달랐다. 단순히 천재라고만 생각했던 여러 위인들이 실은 그 누구보다도 열정적으로 노력했음을 깨달은 것이다. 재능만으로 이름을 남긴 사람이 있을지라도 적어도 노력 없이 위대한 일을 해낸 이는 없었다. 그것을 인지한 순간부터 나와 타인의 차이를 부정할 필요가 없어졌다.

그것은 무척 고무적인 일이었다.

글은 단지 좋아서 할 뿐이라 말하면서 재능 있는 이들을 시기했던 내 모순적 마음을 정리할 수 있는 계기였다.

그때부터 각오를 다질 수 있었다.

마음껏 발버둥 치자고. 남이 보기에 다소 철없고 멍청해 보여도, 추해 보인다 해도 아득바득 기어오르자고.

글을 좋아하니 어쩔 수 있겠는가?

불합리함 속에서 발버둥 치는 나와 당신에게 이 글이 위로가 되어주길 바란다.

프롤로그

신은 없다.

미칠 듯한 고통에서 나를 지탱해 주었던 것은 오직 음악뿐.

죽음이 다가오는 것을 느끼며 안젤름 휘텐브렌너에게 안긴 채, 쇼트에서 와인을 보냈다는 소식을 받았다.

그리고.

"유감이군. 늦었어."

무너져 내리듯 눈을 감았다.

'이대로 끝인가.'

사고조차 뿌연 안개 속으로 스며드는 듯.

끝이 온 것이리라.

그러나 문뜩.

세상에서 가장 아름다운 소리를 들을 수 있었다.

"도빈아."

이토록 사랑스러운 소리가 또 있을까?

그것은 기적이었다.

· 1악장 ·
생후 30일

기적이라는 말 이외에는 설명할 길이 없다.

무슨 일이 일어났는지 모르겠다만 나는 눈부신 조명 아래 다시 눈을 떴고, 한 가정집에 옮겨져 있었다. 지난 며칠간의 경험으로 판단하기에 아마도 이 젊은 부부의 아이가 된 듯하다.

"도빈아, 아빠. 아빠 해봐."

이 동양인 남자가 무슨 말을 하는지 알 길이 없다. 다만 그가 가장 많이 말한 '도빈'이라는 말이 아마도 내 이름이리라. '아빠'라는 말은 아마도 'Vati(파파)'를 말하는 것 같은데 이 역시 도통 확인할 길이 없다.

"아우. 아우아."

독일어를 알아들을 수 있을지 모르겠다만, 몇 번 시도해 보왔다. 그러나 아쉽게도 갓난아기라 그런지 발성 기관이 발달하지 못한 모양이다.

아직은 무엇인가를 말할 수 있는 단계가 아니다.

"이이도 참. 벌써부터 어떻게 말을 해요. 그렇지, 도빈아?"

아아. 이 젊은 여자의 말 역시 무슨 뜻인지 알 수 없으나 단언한다. 그녀, 아니, 어머니가 날 부르는 목소리는 그 어떤 현악기보다도 아름답다. 내 기억 속의 그 어떤 목소리보다도 애정을 물씬 느낄 수 있다.

이러한 소리를 다시 느낄 수 있게 되다니.

소리를 다시 들을 수만 있다면, 다시금 음을 느낄 수 있다면 악마와도 거래를 할 수 있다고 생각했건만 이 두 분에게는 정말이지 크나큰 은혜를 받았다.

진심으로 새 부모님께 감사한다.

그건 그렇고.

정신을 차렸을 때부터 이상한 것이 눈앞에 서성인다. 독일어로 되어 있어 알아보긴 쉽다만, 어째서 나에 대한 정보가 이런 식으로 보이는지 모를 일이다.

다시 태어난 곳은 원래 이러한가?

손을 뻗어보지만 잡히지도 않는 것이, 보기 싫어지면 또 사라지고 만다.

편리하다면 편리하지만 이 역시 신의 장난인가?

[성명: 배도빈][Ludwig van Beethoven]

[연령: 0세][56세]

[칭호: 악성(樂聖)]

[능력치]

[작곡:99(완성)][작사:--(--):페널티]

[편곡:96(완성)][음감:67(능숙):페널티]

[장르]

[클래식: 86(자유 단계)]

[교향곡, 발라드, 세레나데, 소나타, 레퀴엠, 스케르초 등 외 27건이 상위 단계 '클래식'에 묶입니다.]

[대분류 장르 열람: 1개]

이해할 수는 있으나 여러 의문이 든다.

우선은 칭호라고 붙은 말인데, 내 이름 뒤에 '악성'이란 단어는 도통 그 뜻을 알 수 없었다. 호사가들이 나를 이리저리 불러댄 건 알고 있었으나 이런 이명이 붙어 있는 줄은 몰랐다.

또한 그 아래 '능력'이라는 부분에 대해서는 심히 불만이 많은데, 감히 나 루트비히 판 베트호펜을 평가하려 들다니.

가당치도 않다.

작곡에 해당하는 수치가 99, 완성이라 했으니 아마 이것이 최고치일 터. 그러나 나의 편곡 능력은 그 아마데보다도 뛰어나다 자부할 수 있는데, 누군가의 질 나쁜 장난이란 생각밖엔 들지 않았다.

음감 역시 매우 불만이 크나, 이것이 만약 실제로 소리를 듣는 능력이 아니라면 조금은 납득이 가는 셈. 이전 삶에서 청력을 잃었으며, 지금은 귀가 덜 발달한 시기이니 예전의 음감을 되찾는 데까지 시간이 조금 걸릴 것이다.

그나저나 작사라니.

이것은 노랫말을 적는다는 뜻일 텐데 듣는 이에 따라 무수히 다양한 감정을 느끼는 '음'에 어찌 말을 달아 그 감정을 규정할까.

그런 일은 그리 좋아하지 않는다.

뛰어난 문학 작품을 가사로 활용한 적은 있으나 직접 나선 경우는 드물고 오페라나 성가 역시 몇 차례 시도해 본 적이 있었지만 나를 완벽히 충족시키는 가사를 만들 순 없었다. 어디까지나 언어와 음은 별개의 영역. 서로를 따라갈 수 없는 법이다.

여기까지는 괘씸하기도, 나름 납득하기도 했건만.

장르에 대해서는 여전히 의문이 남는다.

'클래식이란 대체.'

소나타라든지 양식에 관련한 것은 알겠다만 어찌 이를 한데 묶는단 말인가.

이 '신의 장난'은 확실히 질 나쁜 이의 소행이 틀림없다.

삐이이익-

잠시 생각에 빠진 와중, 갑작스레 요란한 소리가 들렸다.

듣기 좋은 소리는 아니나 이 정체를 알 수 없는 신기한 소리마저 자극적이니, 몸을 가눌 수 없다는 것과 이 '신의 장난'만 제외하면 너무도 만족스러운 상황이다.

이전 삶에서는 느껴본 적 없는, 그야말로 따스한 온기다.

"여보, 물 다 끓었나 봐요. 차 좀 타다 줄래요?"

"그래. 녹차로 할까?"

"응. 참, 음악 좀 틀어주세요. 아기 정서에 그렇게 좋대요."

두 분이 무슨 말을 나눴는지 모르겠지만 아버지가 일어나 어디론가 향했다.

그리고 잠시 뒤.

음악이 들렸다.

"아우! 아우아!"

너무도 반가워 나도 모르게 소리를 내고 말았다. 나를 소름 돋게 했었던, 그 남자의 곡이 방 안에 울려 퍼진 것이다.

피아노 소나타 11번 K.331.

요하네스 크뤼조스토무스 볼프강 고틀리프 모차르트.

스스로 아마데라 칭했던 불세출의 천재, 모차르트의 곡이 틀림없다.

새로운 부모님은 소리를 되찾아 주었을 뿐만이 아니라, 교양마저 갖추고 계시다.

어찌 되었거나 현재 나는 갓 태어난 아이. 어린 자식에게 들려줄 음악으로 이만한 곡도 없을 것이다. 이 안정된 음률에서 전해지는 안도감은 필시 다른 신생아에게도 아주 효과적이리라.

부모가 이러한 안목을 갖췄으며, 이 정도로 깔끔하게 연주하는 피아니스트를 저택에 데리고 있으니 필시 나는 동양의 어느 귀족 집안에서 태어난 것이다.

"하아암."

이런, 실례.

아름다운 선율을 듣고 있자니 이 작은 몸이 금세 나른해진다. 연주가 제법인 것이 꽤 이름 있는 연주자인 듯하다.

"아우우."

……조금씩 졸음이 몰려온다.

"여보, 여기. 그럼 나가볼게."

"벌써요?"

"열심히 해야지. 도빈이 조금 큰 뒤에 방이라도 얻어주려면 일단 독립부터 해야 하니까. 요즘 형수님이 눈치 주시잖아."

"……조심해요. 잘 다녀오고요."

"걱정 마. 도빈아, 아빠 일하러 갈게. 엄마 말 잘 듣고 있어?"

으음.

여전히 두 분이 무슨 대화를 나누는지는 알 수 없지만 서로를 대하는 목소리가 상냥하다. 아마 서로를 지극히 아끼기 때문일 듯.

부유한 집안에 교양 있고 서로를 아끼는 가정이라.

게다가 소리까지 되찾았으니.

더 이상 바랄 것이 없다.

조금 더 시간이 지나고 목을 움직일 수 있게 되었다. 아직 완전하진 않지만 어느 정도 내가 보고 싶은 방향으로 움직일 수 있게 되면서 이 방을 차분히 둘러볼 수 있었다.

내 침대로 쓰이는 바구니 같은 것이 있고 그 위에 동물 그림이 실에 매달려 있어 내 눈을 현혹한다. 고개를 젖히면 어머니와 아버지가 펼쳐 주무시는 이불이 곱게 접혀 있고 그 옆으로 이상한 상자들이 몇 놓여 있다.

생각보다 좁고 가구도 몇 없다.

'내 방이 아닌가?'

처음에는 내게 주어진 방이라고 생각했는데, 부모님이 이곳에서 함께 생활하는 것을 보면 그건 또 아닌 듯하다.

'단칸방이라니. 내 생각보다 가난한가? 아니, 그렇다면 그 많

은 연주자가 어떻게 있을 수 있는지…….'

의문은 또 하나 있다.

문이 하나 있었는데, 가끔 그것이 열리면 더 넓은 공간이 보이는 것으로 보아 분명 좁은 집은 아닐 터. 매일매일 다른 연주자들이 새로운 음악을 연주해 주는, 분명 귀족 집안일 터인데 굳이 이 방에서만 생활하는 이유를 좀처럼 알 수 없다.

'유모는커녕 사용인도 보이지 않고.'

유모가 없는 것으로 보아 동양에서는 아이가 어릴 때 부모가 함께 생활하는 건가, 하는 생각을 해보았다.

'그리 크게 신경 쓸 일은 아니지.'

다만 하루 빨리 성장해 이 집안에 있는 악기들을 직접 다루고 싶다. 매일 아쉬움을 달래는 것도 벅찰 지경이다.

이 집에 없는 악기가 없는 듯한데 그렇게 생각하는 이유는 때로는 피아노, 때로는 바이올린 또 때때로 협주곡이 심심치 않게 들릴 정도로 다양한 악기 소리를 들을 수 있었기 때문이다.

다시 음악을 할 수 있는 여건으로는 최상이었기에 이 행복한 기다림을 버틸 수 없었다. 어서 빨리 어머니께 연주자들에게 악기를 켜달라고 말씀드리고 싶다.

"꺄! 꺄우아!"

"왜? 우리 도빈이, 뭐가 그렇게 기분이 좋을까?"

음악! 음악을 들려주시오, 어머니!

"꺄으아우! 꺄우!"

이 빌어먹을 성대! 어서 제대로 된 소리를 내지 못할까!

"그래그래. 음악 좀 들을까?"

어머니께서 나를 품에 안아 드시곤 천천히 움직이셨다. 이 포근함도 좋지만 내 갈증을 달래줄 것은 오로지 음악뿐이다.

"자~ 오늘은 뭘 들을까?"

어머니께선 납작하고 둥근 무엇인가를 손에 드셨고 그것을 방 한편에 놓인 검은색 상자에 넣으셨다. 무슨 일을 하시는지는 모르겠다만 순간, 충격적인 선율이 들려왔다.

"꺄아. 꺄아!"

아아! 이 무슨 곡이란 말인가!

방 안을 날아다니는 선율에 나는 전율할 수밖에 없었다. 때로는 나비처럼, 때로는 참새처럼 또 산속의 요정처럼 움직이는 선율은 완벽하게 조율되어 있었다.

적어도, 내가 살아 있던 시절에는 들어본 적이 없던 곡이다.

믿을 수 없을 정도로 아름답다.

"꺄아! 꺄아!"

"어머, 우리 도빈이가 왜 이렇게 신이 났을까?"

어머니 조용! 잠시만 가만히 있어 주시오!

나는 이 곡을 감상해야만 하오!

♪

"아우우."

아쉽게도 큰 충격을 준 곡이 끝나고야 말았다. 가능하다면 이 훌륭한 곡을 쓰고 연주한 이를 만나보고 싶으나, 어머니께선 그자를 이 방에 들일 생각이 없으신 듯하다.

아쉬운 대로 어머니께 다시 한번 들려주실 것을 청하였으나 칭얼거림으로만 여겨지는 것 같다.

"오구오구. 우리 도빈이 뭐가 그렇게 슬플까?"

역시나.

어머니께서 나를 안아 드시고 등을 토닥이셨다. 계속 울면 어머니를 괴롭히는 행동일 뿐이니 잠자코 있겠다만, 꼭 한 번 다시 듣고 싶다.

그러나 그런 마음도 잠시. 또 다른 곡이 들리기 시작했고 나는 이내 새로운 음악에 취해 버렸다.

믿을 수 없는 전개다.

'Lento'로 시작한 곡은 중간중간 조가 바뀌면서 마무리까지 정말로 신비롭게 이어졌다.

대체 내가 죽은 뒤 얼마나 긴 시간이 흘렀기에 하루하루 믿을 수 없는 놀라움에 빠져 정신을 차릴 수 없는가!

어머니 품에 안긴 채 간신히 고개를 돌려 음이 나는 방향을 보았는데.

'……상자?'

조금 전, 어머니께서 납작하고 둥근 무엇인가를 넣었던 상자에서 음이 흘러나오고 있었다.

'저건 뭐지?'

사람이 아니었다. 사람이 연주를 하는 것이 아니라, 이 음은 필시 저 상자에서부터 나오고 있는 것이다.

"꺄우?"

어머니, 저것은 무엇입니까?

"웅? 이건 마음에 안 드니? 그럼 다시."

어머니께서 상자의 어떤 한 부분을 누르시니 순식간에 처음 들었던 그 충격적인 선율이 다시금 나왔다.

그것도 저 작은 상자에서!

'아니, 이건 대체.'

그것도 조금 전 연주와 한 치의 오차도 없는 그야말로 '재현'이었다. 아무리 뛰어난 연주자라도 같은 감정으로 똑같은 음을 내기란 쉬운 일이 아니다. 아니, 불가능한 일이다.

하여 같은 연주자의 같은 곡이라 하더라도 수많은 공연마다 참석하는 즐거움이 있는 것이다.

한데, 음을 이렇게나 똑같이 낼 수 있다니.

이토록 매력적인 음을 재현할 수 있다니.

이것은 혁명이나 다름없다.

'누구지. 누구란 말인가.'

그렇게 고민하다 문득 떠오르는 얼굴이 있었다.

'아아. 그 친구인가.'

카를 체르니.

나를 처음 보았을 때 아무 말도 않고 울기만 했었던 아이가 떠올랐다.

처음에는 아무 짓도 하지 않았는데 울어버려 그저 그런, 한심한 놈들과 다를 바 없다고 생각했었던 또 한 명의 천재. 그리고 내 인생의 대부분을 함께했던 벗.

방금 들었던 곡은 그 친구의 향수를 불러일으켰다.

수천 번의 연습을 통해 하나의 '완성'을 추구했던 음악가였으니 카를 체르니 그 친구라면 이러한 연주가 가능할지도 모르겠다.

아마, 내가 죽은 뒤로도 열심히 했을 테지.

'그럼 내가 죽은 뒤 그리 오랜 시간이 흐르지 않은 건가?'

만약 그렇다면 다행일 것이다.

이곳이 어딘지는 모르나 언젠가는 그리 달라지지 않은, 그리운 본을 찾을 수 있을 것이다. 그리고 우리들의 어버이 라인 강을 찾을 것이다.

그런 생각을 하고 있자니 또다시 연주가 끝이 났다.

아아, 음악은 내가 죽은 뒤로도 이토록 발전했던 것인가!

"꺄아! 꺄아!"

다시 한번.

다시 한번 더 듣고 싶다.

정말이지 다시 태어나지 못했더라면 너무도 억울했을 터였다. 체르니, 그 친구가 이런 곡을 썼다니. 타인을 칭찬하는 편은 아니다만 만일 카를 체르니를 다시 보게 된다면 이 곡을 함께 연주해 보자고 말하고 싶다.

"꺄아!"

"도빈이가 이 곡이 좋은가 보구나? 이건 헝가리안 랩소디라고 한단다."

헝가리안 랩소디?

앞의 말은 이해할 수 없었으나 어머니께서 뭔가 알 듯한 말을 하셨다. 확실히, 뭔가 헝가리의 집시들이 춤을 추던 선율이 떠오르기 시작한다. 묘하게 전혀 다른 형식의 이 곡은 그런 풍경을 자아내었다.

"꺄아?"

"그래 헝가리안 랩소디 2번. 프란츠 리스트라는 사람이 만든 곡이야."

순간 어머니께서 독일식 이름을 말씀하셨다. 내 착각이 아니라면 억양은 조금 이상하지만 발음은 비교적 정확, 어머니께선 분명 독일어를 하셨다.

'독일어를 할 줄 아시는 건가?'

그러나 이마저도 확인할 방법은 없다.

그나저나 프란츠.

프란츠 리스트라.

어디선가 들어본 듯한 느낌이나 기억은 나지 않는다.[1]

그러나 분명 내 고향 독일식 이름이다.

그렇다는 것은 체르니의 곡이 아니라 프란츠 리스트란 자의 곡이란 말인가?

방금 내가 들었던 곡은 믿을 수 없는 발상에, 믿을 수 없는 전개를 이어나갔다. 게다가 오차 하나 없이 완벽한 연주까지.

체르니 이외에 그런 천재가 있다니 믿을 수 없는 일이다.

세상에는 대체 얼마나 많은 천재가 생겨났단 말인가!

아마데 그자도 나와 같은 기적을 누렸더라면 필시 기쁨을 주체하지 못했으리라.

아아, 만나볼 수 있다면 얼마나 좋을까.

'프란츠 리스트.'

나는 그 이름을 기억에 담았다.

....

1) 부록-베토벤과 리스트에 대하여

마치 슈베르트, 뒤늦게 그 친구의 악보를 보았을 때 느꼈던 아쉬움과 같았다.

"이번엔…… 이거 한번 들어볼래?"

어머니의 말씀 뒤에.

잔잔하게 익숙한 음이 다르게 들리기 시작했다.

'으음?'

나의 1번 교향곡, C장조.

'어느 놈이 감히 내 곡에 손을 대었느……'

분명 내가 작곡한 곡인데, 피아노로 연주되고 있다.

'……이럴 수가.'

인정하기 싫었으나 놀라운 편곡이었다.

내 1번 교향곡을 연주하는 이 피아니스트는, 아니, 피아노 곡으로 편곡한 자는 대체 누구란 말인가. 내가 죽고 난 뒤의 세상에는 어쩜 이리 놀라운 일만 가득하단 말인가!

"꺄아! 꺄아!"

어머니! 이것은! 이것은 누구의 짓입니까!

"도빈이가 리스트의 곡이 좋나 보구나? 이건 베트호펜이란 사람의 1번 교향곡을 리스트가 편곡한 거란다. ……맞나?"

어머니의 말은 여전히 무슨 뜻인지 알 수 없었으나 또다시, 리스트란 그 이름만은 확실히 들을 수 있었다. 또한 나의 성 베트호펜에 대해 언급하시는 것으로 보아 나는 어머니께서 꽤 음악에 대해 교양이 있다는 것을 다시 한번 확인할 수 있었다.

아무튼.

리스트, 그자는 대체 누구기에 이러한 능력을 가졌단 말인가. 내가 움직일 수 있는 나이가 된다면 반드시 그를 찾아 만나볼 것이다.

그가 어디에 있더라도 말이다.

"꺄아! 꺄아!"

"어머, 시간이 벌써 이렇게 되었네? 이만 코 자야지?"

어머니께서 토닥토닥 내 배를 다독여 주시는데 그 때문에 졸음이 오기 시작했다.

이 어린 몸뚱어리는 그저 잠을 자는 데 귀중한 시간을 보내려고 한다.

'그만. 그만!'

"꺄아!"

나는 이 음악을 끝까지 들어야만 한다.

감히 건방지게 내 곡을 편곡한 프란츠 리스트란 놈이 이것을 끝까지 제대로 완성했나, 이 두 귀로 확인해야 한다.

"꺄아."

확인해야……

"꺄아……"

확인.

"자장, 자장. 우리 아가. 잘도 잔다."

해……야.

"우리 도빈이는 자는 모습도 어쩜 이렇게 예쁠까?"

으으으음.

내가 할 수 있는 것이 무엇인가.

운명 이상의 무엇이 있다.

-루트비히 판 베토벤

2악장

첫 돌

기어 다닐 수 있게 되었다.

어머니와 아버지의 말도 조금은 알아들을 수 있게 되었는데, 확실히 다른 언어체계라 그런지 배우는 데 어려움이 있었다.

그러나 좋은 언어임에는 분명했다.

부모님은 정말 다양한 발음을 낼 수 있었고, 확실히 그것은 이 언어가 가진 큰 장점 중 하나였다. 또한 어렴풋이나마 두 분의 말을 무슨 뜻인지 추측할 수 있게 되었다.

그것은 분명 답답한 현 상태에서 위안이 되는 일이었다.

일단 그건 그렇고, 최근 '오디오'라는 놀라운 상자에 심취해 있음에 즐겁고 또 신비하다.

지난 시간 나는 내 귀와 영혼을 즐겁게 해주었던 수많은 곡과 연주자들이 사실 저 검은 상자 안에 들어 있음을 알 수 있었다.

기묘한 일이다.

둥글고 납작한 물건을 상자 안에 넣고 툭 튀어나온 것을 누르면 상자 안에 갇힌 이들이 그제야 소리를 내기 시작한다.

이 놀라운 사실을 마침내 깨달은 것이다.

"우아!"

당연하게도 이제 내 하루는 상자의 '버튼'이라는 것을 누르는 것으로 시작되었다. 버튼을 꾹 하고 누르니 오늘도 그 신비롭고 멋진 오디오에서 음악이 흘러나왔다.

오, 이번에는 바다(meer). 바흐(Bach: 개천)의 음악이다.[2]

바흐. 그의 음악은 놀랍도록 정교하면서도 웅장하기에 만약 음악의 신이 있다면 그와 같지 않을까 생각해 볼 만하다.

저음부를 확실하게 맡은 통주저음 위로 정교하고도 화려하게 쌓아진 성과 같은 음악을 들으니, 그 남자의 위대함을 다시금 떠올릴 수 있었다.

시간이 흐르긴 해도 역시 '바다'의 음악은 사랑받고 있는 듯하다.

지금의 사람들도 나처럼 제바스티안 바흐의 음악을 들으면

. . . .

2) 부록-바흐와 베토벤에 대하여

가슴이 사뭇 뛰는 모양이다.

'암. 그래야지.'

나는 개인적으로 반주를 무척 중요하게 생각하는데, 그전의 음악들은 그런 개념이 없거나 부실했기에 참으로 심심했을 뿐이었으나.

르네상스를 거치면서 온 바로크의 음악, 특히 이 바흐의 음악은 언제 들어도 정교한 균형미와 함께 감수성을 자극해 준다.

나이를 제법 먹은 뒤에도 그의 대위법을 연구했으니 나로서도 그의 영향을 받지 않았다고 말하기 어렵다. 그러니 감히 음악의 아버지라 할 수 있겠다.

-딸칵.

한참 음악에 심취하고 있을 때 문이 열렸고 어머니가 들어오셨다.

"우리 도빈이 또 음악 들었어?"

어머니는 다 좋으시지만 음악 감상에 있어서만큼은 매너가 없으신 듯하다.

이렇게 소중한 음을 듣는 데 소홀할 수 있다니.

한 음이라도 놓치면 어떡한단 말인가.

"음악은 언제라도 들을 수 있으니 이만 맘마 먹고 코 자야지? 그래야 건강할 수 있단다."

그게 무슨 말씀이십니까, 어머니.

음악을 언제라도 들을 수 있다니.

음악, 아니, 연주의 소중함은 일회성에 있다.

같은 곡이라 하더라도 연주하는 사람에 따라서, 당시 그 사람의 기분, 무대 상황 등 수많은 요소로 각 연주는 달라질 수밖에 없다.

그렇기에 한 번의 연주가 소중한 법.

어머니께서는 그것을 이해하고 있지 못하신 듯하다.

'그러고 보니.'

전에 들었던 곡이 정말 똑같은 느낌으로 들린 적이 있었다. 아니, 착각은 아니다. 실제로 기교에 있어 놀랍도록 집착했던 카를 체르니의 연주로 착각했을 정도였으니까.

'완벽하게 똑같은 연주가 가능하다고?'

당시에는 설마 하고 넘어갔지만 어머니의 말씀을 들으니 음악 한 곡을 듣는 걸 소중하게 생각하지 않으시는 것이 이 때문이지 않을까란 생각이 들었다.

'확인해 볼까.'

꾹- 꾹-

다시 한번 바흐의 미사곡을 듣기 위해 버튼을 눌렀다.

'이건 아니고.'

꾹- 꾹-

'이것도 아니고.'

그런데 순간.

내 귀를 꿰뚫는 듯한 음악이 들려왔다.

'누구의 연주인가.'

믿을 수 없었다.

바이올린곡은 정말 많이 들어왔는데, 이 사람의 연주만큼은 정말이지 수준이 달랐다.

'믿을 수 없다. 이건 혁명이다.'

바이올린을 잘 켜는 사람은 정말 많이 봤지만, 나를 포함해 그들 모두 바이올린을 집어 던져 박살 내야 할 듯했다.[3]

"자아, 도빈아. 그러면 안 돼. 망가지잖니?"

'앗.'

어머니께서 날 안으면서 '오디오'와 멀어지고 말았다.

'망가지다니. 그럼 안 되지만.'

꼭 한번 확인하고 싶다. 대체 누구의 연주인지, 그 사람의 이름이라도.

"자, 내일은 우리 도빈이 첫 생일이니까 일찍 자야지?"

첫 생일?

"아우?"

"우리 도빈이가 태어나고 벌써 첫 생일이야. 고맙게도 많이

....
3) 부록-야샤 하이페츠에 대하여

도와주셨단다. 기대되지?"

아아, 벌써 1년이 지난 것인가.

그리고 보면 내가 이렇게 음악에 다시 한번 미칠 수 있었던 것도 다 어머니 덕분이지.

확실히 어머니를 곤란하게 해드려선 안 된다. 아쉽지만 어머니의 말씀대로 저 상자가 있는 한, 다시 들을 수 있을 테니.

아쉬움은 뒤로하고 어머니의 젖을 먹은 뒤 오늘은 이만 자야 할 것 같다.

쪽- 쪽-

처음에는 어머니의 젖을 먹는 게 민망했지만.

이 얼마나 고귀한 자애인가.

또한 행운이리라.

이건 또 무슨 짓이란 말인가.

다음 날 나는 요란하고 화려한 옷을 입은 채 많은 사람 가운데 놓여졌다. 어머니께선 지금껏 본 적이 없는 신기하게 생긴 옷을 내게 입히셨는데 드문드문 비슷한 옷을 입은 사람을 볼 수 있었다.

'정신 사납군.'

비슷한 양식의 옷을 맞춰 입는 것으로 보아 아마도 이곳의
전통 복장인 듯한데, 너무 화려하여 내 취향은 아니었다. 벗으
려 하니 어머니께서 자꾸만 말려 어쩔 수 없이 포기한 채 주변
을 둘러보았다.

마침 누군가 다가왔다.

"어머나 세상에. 도빈이가 벌써 돌이야?"

"네. 와주셔서 고마워요. 도빈아, 이모한테 인사해야지?"

귀찮지만 어머니의 말씀을 따라 이모라는 사람에게 손을
흔들어주었다.

"귀여워라. 생일 축하해, 도빈아."

이 풍습은 동양만의 생일 축하 양식인 듯하다. 유아세례와
는 전혀 다른 모습에 조금 신기하기도 하다. 주변에 있는 사람
들은 다들 웃으며 시끌벅적하게 이야기를 나누고 있다.

'귀족 집안이 이리 허물없이 지내다니. 별나군.'

저들의 얼굴에 적어도 가식적인 웃음은 없었기에 의아해하
면서도 나를 향해 다가오는 집안 어른들을 살폈다.

"어머, 어쩜 애가 이렇게 듬직해요?"

"그러게. 우리 애 이만했을 때는 엄청 울었는데 말이야."

"의젓하니 멋있네, 우리 도빈이."

"어머. 눈이 너무 예쁘다, 애."

아직 이곳 말에 익숙하지 않아 다양한 억양으로 들어오는

집안 어른들의 말을 제대로 이해하지 못했다. 그러나 적어도 저들이 나를 미워하는 건 아니란 생각이 들었다.

이런 것을 보면 두 분 부모님이 인간관계를 잘 나누고 있는 것인지도 모르겠다.

내가 본 어떤 귀족 가문도 화목하지 않았다. 시기하고 탐하여 품위라는 걸 유지하는 이들이 돋보일 정도였으니 말이다. 욕심이 욕심을 부르고 그 끝은 언제나 더럽고 흉측하기에, 그런 광경을 많이 보았던 나로서는 아버지, 어머니의 인품에 다시 한번 감사하다.

옛 귀족들의 형편없는 삶을 생각해 보면 차라리 평민인 것이 훨씬 마음 편한 길이다. 그렇다고 가난은 사양이지만.

'요한.'

다정했던 조부님과 달리 지독한 술주정뱅이였던 작자, 요한. 그 작자의 그릇된 욕심 때문에 흘렸던 눈물과 느꼈던 분노. 그가 죽었을 때는 쓰레기가 죽었다는 생각에 비웃음이 나올 정도였다.

'그런 거에 비하면 지금은 천국이지.'

나는 진정으로 이 평화로움에 감사한다.

그런 생각을 하며 이 지루한 행사는 언제까지 이어질까, 기다리는데 어머니와 아버지께서 내 앞에 여러 물건을 펼쳐놓았다.

"도빈아, 쥐어봐."

'쥐어? 잡으라는 말씀이신가.'

물건들을 살펴보니 책으로 보이는 물건부터 만년필처럼 생긴 길쭉한 펜, 이곳의 주식인 밥이 익기 전의 모습, 초록색 종이, 실 등이 있었다.

'저건 뭐지?'

내 눈에 들어오는 건 초록색 종이. 숫자로 10000이라고 적혀 있고 수염 난 인물이 그려진 종이다. 제법 잘생긴 남자가 그려진 그것에 나는 나도 모르게 이끌렸다.

"아우아."

작디작은 팔을 뻗어 그것을 쥐자 묘하지만 기분 좋은 냄새가 났다. 확실히 향긋하지는 않으나 자꾸만 마음이 이끌리는 것이 퍽 매력적이다.

자꾸만 맡게 된다.

"어머, 어머."

"우리 도빈이가 부자 되려나 보네?"

"하하하하! 그래! 돈이 최고지! 어? 돈이 최고야! 도빈아, 돈 많이 벌어서 엄마, 아빠 호강시켜 드려야 한다?"

뭔지 몰라도 부모님과 집안 어른들로 보이는 사람들이 크게 웃으며 좋아한다.

'돈? 이걸 돈이라고 부르는 건가? 냄새가 좋군.'

쿵쿵.

3악장
3살

나이를 먹으면서 깜짝 놀라고 말았다.

우선 이곳이 대한민국, 내 고향 독일과는 지구 정반대 편에 위치한 나라라는 점이 그러했고.

지금이 2008년이라는 게 두 번째 충격이었다.

내가 죽은 해가 1827년의 아직 추운 봄이었으니 무려 약 180년이나 미래로 온 것이었다.

'장난이 지나친 신이로군.'

정말 신기한 것, 모르는 것투성이였으나 이제야 내가 처한 상황에 대해 조금 이해하기 시작했다.

우선 우리 부모님은 귀족은커녕 예상과 달리 상당히 가난한 축에 속했다.

월세가 부담스러웠기에 우리 가족은 큰아버지의 집에 얹혀 살고 있었는데, 그 때문에 어머니는 종종 큰어머니께 핀잔을 들으시는 듯했다.

큰아버지는 심성이 부드럽고 인자한 것 같은데 큰어머니만 유독 그러는 듯.

나로서는 그녀의 언행이 마음에 들지 않았지만 어린 나로서는 별달리 할 수 있는 게 없었다.

"아니, 동서. 내가 빨래 좀 해두라고 했잖아. 도대체 이게 뭐야?"

"죄송해요, 형님. 한다고 하는데 시간이……. 금방 마저 할게요."

알아듣지 못할 거라 생각했을 수도 있겠지만(정확히는 알 수 없었으나 아마 집안일 문제라고 이해했다) 내가 듣지 못하게 문을 닫고 나가신다든지 하는 어머니의 태도를 보았을 때 어린아이를 앞에 두고 할 말은 아닌 듯했다.

이러한 가난은 사실 이미 그보다 지독한 환경을 겪었기에 그리 큰 충격은 아니었다.

간혹 나를 속물이라 칭하는 사람도 있었지만 내가 음악을 하는 이유는 내 마음속의 것이 밖으로 나와야만 했기에, 그리고 나의 사랑하는 어머니를 위해.

내 가족들을 위해서였다.

그러나 지금은 그때보다 훨씬 더 좋은 상황. 아버지와 어머니가 서로를 사랑하시고 나에 대해선 그보다 애틋할 수 없다.

그것만으로도 만족한다.

참. 그리고.

그나마 14살로 나이 차가 많은 사촌형이 있었는데, 이상하지만 착한 녀석이었다.

"헤헤. 미키 쨩 너무 좋아."

가끔 이상한 말을 하지만 간식을 나눠주는 기특한 짓도 한다.

'지구방위대 가랜드'라는 만화영화를 보여준다든지 장난감 로보트를 가지고 놀게 해준다든지 신기한 것을 많이 알려주므로, 최근 나는 사촌형 배영빈의 방에 살다시피 했다.

오늘도 열심히 사촌형의 방으로 걸어갔는데, 안에서 '미키 쨩 너무 좋아'라는 이상한 말이 흘러나왔다.

"형아. 형아."

문을 두드리며 형을 불렀다.

"도빈이야? 들어와."

배영빈이 문을 열어주며 '망가뜨리면 안 돼'라고 주의를 준 뒤 '컴퓨터'라는 것 앞에 앉았다.

잘은 모르지만 아마 오디오와 TV의 발전된 물품인 듯했다. 저절로 가끔 사람이 움직이는 것과 음악을 들려주니 말이다.

"이건 모야?"

"아, 그건 안 돼. 조심해서 만져야 해.."

배영빈은 항상 조심하라고 하지만 나는 이 신기한 물건이 가득한 방에 오는 것이 즐겁다.

매일 접해도 요란하고 이해할 수 없는 마법 같은 일들이 펼쳐지는 게 호기심을 자극한다.

새로운 경험은 새로운 악상으로 이어지는 법.

음악을 못 하고 있는 것만 제외하면 무척 만족스럽다.

배영빈이 꺼내 준 로보트라는 걸 관찰하고 있는데 녀석이 노래를 흥얼거렸다. 귀에 무엇인가를 꽂고 있었는데 어린아이라고 하기엔 징그러운, 황홀한 표정을 짓고 있었다.

"아아. 미키 미키."

'오늘은 증상이 좀 더 심하네.'

뭐가 그렇게 재밌는지 궁금해지는 것은 당연한 일.

그에게 다가가 툭툭 치니 배영빈이 귀에 꽂은 것 중 한쪽을 내 귀에 옮겨주었다.

그러자 음악이 흘러나왔다.

'……뭐라는 거지.'

어떤 여자아이가 뭐라 뭐라 노래를 부르는데 도통 무슨 뜻인지 모르겠다.

멜로디는 있으나 비교적 조잡.

화성학에 대해서는 조금도 고려하지 않은 느낌이다.

아마도 어린아이가 연습 삼아 만든 느낌이다.

"어때? 어때? 진짜 명곡이지? 딱 들어도 느낌 있지?"

명곡은 개뿔.

조금 나이를 먹으면서 나는 '동요'를 시작으로 이 시대의 '노래'라는 것에 대해서도 조금씩 알 수 있었다.

내가 살았던 곳에서는 없었던 전혀 다른 음악.

가사를 붙인다는 것은 여전히 망설여지는 부분이지만, 확실히 그 나름의 울림을 가진 곡들이 많았기에 나는 이 역시 음악의 한 장르로 받아들였다.

확실히 제법 괜찮은 수준의 동요도 있었기에 한때는 심취한 적도 있었다.

그러나 이건 아니다.

명백히 수준 이하의 곡이다.

"이거 보여? 보컬라이드라는 건데, 이걸로 이렇게 음악을 만들고 노래를 부르게 해줄 수 있어. 봐봐. 소리 나지?"

"……어? 오또케?"

음악을 만들 수 있고 게다가 연주가 가능하다니.

나는 컴퓨터라는 것이 무엇인지 잘 모르겠다만, 그런 것까지 가능하다는 말에 관심이 생기기 시작했다.

무슨 말인지 잘 모르겠지만, 신이 나서 설명을 시작한 배영

빈의 말을 들으면 들을수록 이 '보컬라이드'란 것에 더욱 흥미
가 생겼다.

집에 피아노가 없었기 때문에 불만이었던 나는 배영빈이 직
접 '마우스'라는 것을 움직이면서 악보를 적어가는 것을 지켜
보았다.

그런데 정말 소리가 나는 것이 아닌가!

지난 2년간 기다려왔던, 머리로만 만들어 냈던 새로운 음악
을 쏟아내고 싶어 안달이 났다.

"형아! 형아! 나 이거! 이거!"

"응? 안 돼. 안 돼. 도빈이한테는 아직 너무 어려워."

"할래! 할래! 하게 해주세요!"

"으음……."

이익, 이 치사한 놈.

어서 빨리 자리를 비키지 못할까!

그런데 때마침.

"영빈아! 저녁 먹으러 나가자! 늦었어!"

못된 큰어머니께서 외출하기 위해 배영빈을 불렀다.

"아, 지금 가요! 도빈아, 이거 건드리면 안 돼? 꼭! 중요한 거
다운받고 있으니까."

안 되기는. 알 수 없는 말 그만하고 빨리 나가기나 해라.

"응, 형아."

배영빈이 후다닥 방을 벗어났고, 나는 배영빈의 방에 혼자 남게 되었다.

"엄마, 도빈이는 혼자 두고 가요?"

"밥 줬잖아. 잠깐 나갔다 오는 건데 뭐 문제 있으려고. 그리고 영빈이 너, 엄마가 컴퓨터 오래 하지 말랬지!"

밖에서 두 사람이 뭐라 그러는데 관심 밖이다.

'……어떻게 했더라?'

뭔가 알 수 없지만 조금은 알 것 같은 기분이 들었다.

3시간 뒤.

[제목을 정해주십시오.]

어찌어찌 하다 보니 제목을 지으라는 말이 나왔고 썩 내키지는 않았지만 'Auferstehung(부활)'이란 이름을 주었다.

죽는 순간의 비통함을 표현하였고 다시 태어난 순간, 어머니의 사랑스러운 목소리를 그린 소나타였다.

실은 전부터 머릿속으로 완성한 곡을 옮기는 데 지나지 않았지만, 키보드와 마우스란 놈에 익숙하지 않아서 한참이나 걸린 것이다.

그러나 어찌 되었든 겨우 하나는 완성한 셈.

비록 이미 만들어놓고 옮기기만 한 행위였지만, 그걸 소리로 직접 듣는 것은 또 다른 일이다.

나는 비로소 약 200년 만에 내가 작곡한 곡을 직접 들을 수 있게 된 것이다.

"……모야?"

곡을 완성했는데 음악이 들리지 않는다. 배영빈이 귀에 꽂고 있던 것을 뺐다 다시 꽂아봤지만 아무것도 안 들린다.

"이게 모야!"

내 곡! 내 곡 빨리 틀지 못할까, 이 멍청한 상자 같으니!

이 몸이 얼마나 힘들여 만들었는데! 이 답답한 고철덩어리가 대체 뭘 하고 있는 것이야!

띠띠띠띠- 띠로리-

분노에 차 컴퓨터란 것을 걷어차려 할 참에.

때마침 외식을 나갔던 큰아버지네 가족이 들어오는 소리가 들렸다.

배영빈은 항상 그러하듯 후다닥 방으로 들어왔고 내가 컴퓨터를 걷어차려는 것을 보곤 화들짝 놀랐다.

"아니? 왜 아직 여기 있어? 그보다 지금 뭐 하려는 거야! 잠깐! 잠깐!"

"이 나쁜 컴퓨토!"

좀 더 심한 말을 해주고 싶지만 알고 있는 어휘가 적어 더한

욕을 해줄 수 없는 게 한이었다.

"안 돼! 안 돼. 안 돼!"

그러나 비통하게도 내게는 14살 어린아이의 팔마저 억셌다. 배영빈이 나를 말리곤 숨을 헐떡이며 '무슨 애가 이렇게 괴팍해'라고 중얼거렸다.

나 역시 일단 진정하고 컴퓨터를 가리키며 입을 열었다.

"형아, 이거 틀어줘."

"그보다 뭐 만진 건 없지? 휴우. 일단 다운 다 받아졌는지부터 확인해야지. 도빈아, 컴퓨터 막 만지면 안 돼!"

"안 만져써. 이거 틀어줘. 빨리."

"아아. 다행이다. 잘 받아졌네."

"형아!"

"아, 알겠다는. 대체 뭘 틀어달라는 거야?"

"저거!"

내가 재촉하자 배영빈이 못 이기겠다는 듯 마우스를 움직였다.

'아, 저걸 누르면 되는구나.'

음이 나오기 시작한다.

"아아."

방법이 서툴렀는지 내 생각과는 전혀 다른 곡이다.

이 보컬라이드라는 걸 조금만 더 잘 다룰 수 있었다면 이렇게 엉망이 아닐 텐데.

참으로 조잡하기 이를 데 없는 곡이다.

그래도 어색하게나마 이렇게 음을 들을 수 있으니 더없이 감동이었다.

"끅. *끄윽.*"

"와……. 이거 뭐야? 무슨 노래야?"

"흐아아앙!"

"가, 갑자기 왜 울어?"

"이거, 이거 잘못 되써! 이거 이 음 아냐! 이것도! 이것두! *끄아아앙!*"

이것에 익숙하지 않는 것이 한스럽다.

잘만 다룰 수 있다면 이렇게 어색한 부분이 너무도 많은, 미완성의 연주가 아니라 온전한 것을 들을 수 있었을 텐데.

그토록 염원하던 소리를 찾고도 2년이나 감상만 해야 했던 나로서는 그 긴 기다림이 서러울 수밖에 없었다.

몸이 어리기 때문일까.

예전이었다면 속으로 삭였을 감정이 절로 눈물로 터져 나왔다.

"아, 알겠어. 그만 뚝! 근데 이거 진짜 도빈이 네가 만든 거야?"

고개를 끄덕였다.

"이거 하는 거 가르쳐 줄 거야?"

"나도 잘 몰라. 뭘 알아야 가르쳐 주지."

"가르쳐 줘야지!"

사내 녀석이 비겁하게 자꾸 변명이나 늘어놓는 것이더냐!

에잇.

아직 2년밖에 안 되어 이 몸의 '한국어' 실력이 어린아이 수준인 것이 안타깝다.

배영빈이 독일어만 알아듣는다면 윽박을 질러서라도, 아니면 달래서라도 가르치게 할 텐데.

"으음. 일단 여기서부터 한 번씩 보자. 이게 일단은 매뉴얼인데……."

"고마워, 형아!"

음. 그래도 도와주기로 마음먹은 모양.

역시 이상하긴 해도 착한 녀석이다.

[성명: 배도빈][Ludwig van Beethoven]

[연령: 2세][56세]

[칭호: 악성(樂聖)]

[능력치]

[작곡:99(완성)][작사:11(초보):페널티]

[편곡:96(완성)][음감:74(능숙):페널티]

[장르]

[클래식: 86(자유 단계)]

[동요: 59(연합 단계)]

[팝: 03(인지 단계)]

[대분류 장르 열람: 3개]

[새로운 곡을 만들었습니다. 하나의 곡을 완성할 때마다 일정 경험치가 누적됩니다.]

[작곡]

['Auferstehung(부활)'-신규]

[총평: C+]

[완성도: 41, 예술성: 57, 대중성: 23]

4살, 천재 작곡가

사촌형 배영빈으로부터 보컬라이드를 배운 뒤로 1년.

나는 기회가 있는 한 배영빈의 컴퓨터 앞에서 곡을 쓰는 데 집중했다. 컴퓨터를 만지는 것에 익숙하지 않고 한글을 읽을 줄 몰라 그림으로만 판단해야 했던 탓에 '보컬라이드'라는 것마저 만족스러운 수준으로 다루진 못했다.

그러나 그것이 곡을 쓰지 않을 이유는 못 되었다.

갓난아기 때 머리로만 생각했던 곡을 옮겼고 그렇게 1년 동안 작곡한 곡이 모두 8개였다.

그 와중에 클래식 장르가 86(자유 단계)에서 91(자유 단계)로 점수가 올랐는데 지금은 '클래식'이 이전에 나와 그리고 수많은 천재들이 향유했던 음악을 지칭하는 말임을 알게 되었다.

180년.

세상은 과연 새로운 음악으로 넘쳐났다.

슈베르트, 리스트, 쇼팽, 슈만, 요한 스트라우스, 바그너, 드보르자크 등 수많은 천재가 남긴 곡은 너무도 좋은 자극제였다. 그간 '적막 속에서 내 심연을 탐구하며 적었던 곡들과는 다르게, 현대의 음악을 들으며 나 역시 조금씩 변화하고 있었다.

'행복하구나.'

비록 직접 연주를 한다든가 만족스러운 악보를 만드는 일은 요원했지만 타는 갈증이 조금은 해소된 것이다.

단지 아쉬운 것은 내 음악을 듣는 사람이 적다는 것.

내 곡을 듣는 사람은 배영빈을 제외하곤 없었는데, 녀석은 자꾸만 '인터넷'이라는 알 수 없는 무엇인가에서 내 곡들이 100만 번 조회되었다며 난리를 폈다.

알 수 없는 말은 차치하고.

요즘에는 조금 쉬고 있는데, 그것은 새롭게 알게 된 클로드 드뷔시라는 자에 매료되었기 때문이다. 특히 '목신의 오후 전주곡'이라고 번역된 제목의 관현악곡은 정말이지 내게 크나큰 충격을 주었다.

획기적이라는 말이 더없이 어울리는 곡이 아닐 수 없었다.

"헉!"

"……형아, 쉿!"

한창 음악을 음미하고 있는 와중, 배영빈이 큰 소리를 내며 놀랐다.

　내 말은 무시하는 건지 배영빈은 모니터를 보며 눈을 크게 뜨고 있었다. 입에서는 알 수 없는 신음을 내고 있다.

　'왜 저래?'

　조용히만 해준다면 좋겠건만, 아무래도 드뷔시를 감상하는 일은 '우리 방'에서 해야 할 듯싶다.

　"도, 도빈아. 크, 큰일. 큰일 났어. 엄청 큰일 났다고!"

　"큰일?"

　"이, 일본에서 너랑 계약하고 싶대!"

　"……."

　일본은 또 뭔가.

　배영빈이 당황하여 어쩔 줄 몰라 하는 것을 보며 인상을 썼다.

　"사기 아닐까?"

　"그래. 상식적으로 말이 안 되잖아. 우리 도빈이가 어렸을 적부터 음악을 좋아했다곤 해도, 어린아이가 재미 삼아 만든 곡을 듣고 일본에서 오다니."

"아니에요! 작은엄마, 진짜 아니에요! 이거 진짜 엄청난 거예요! 진짜라니까요? 엑스톤 모르세요?"

'저 새끼가 어머니께 말버릇하곤.'

배영빈 덕분에 그나마 악기가 없는 와중 곡을 쓰고 음을 듣곤 있지만 어머니께 저렇게 성을 내며 달려들다니.

언젠가 한번 단단히 혼을 내줘야겠다.

아무튼 부모님과 배영빈이 하는 들어도 무슨 뜻인지 제대로 알 수 없기도 하고.

무엇보다 어린애는커녕 아기에 불과한 내 말을 들을 리도 없기에 신경 끄고 오선지 공책에다 음표를 적어나갔다.

어머니께서 얼마 전에 사주신 귀한 물건이다.

"보세요! 엑스톤 레이블이 있잖아요!"

"엑스톤이야 알지만……. 그렇게 유명한 곳에서 우리 도빈이는 어떻게 알고 연락했는지 모르잖니?"

"제가 도빈이가 만든 곡 인터넷에 올렸는데 조회 수가 엄청 났어요. 그거 보고 연락한 게 틀림없어요."

"설마."

"아! 답답해! 도빈이 진짜 천재라니까요?"

'암. 천재지.'

맞는 말을 했으니 조금은 봐줘도 될 것 같다.

"아니 그래도……. 어쩌죠, 여보?"

"글쎄……."

두 분 부모님은 고민하시는 중.

일본인지 뭔지에서 온 계약 요청이 마음에 걸리시는 듯했다.

사실 예전에야 출판사에서 찾아오는 일은 수도 없이 많았다. 내 악보를 얻고자 갖은 아양을 떨었고 익숙한 일이지만 문제는 따로 있다.

'내 곡도 안 들어보고?'

그때야 내 이름이 알려져 있어서 신곡을 쓰기도 전에 계약을 해달라고 하는 사람이 널리고 널렸지만 지금 나는 아버지, 어머니의 배도빈일 뿐이다.

4살짜리 아이에게 계약을 하러 온다니.

부모님이 망설이시는 것도 당연한 일이다.

내가 생각해도 상식적으로 말이 안 된다. 사기는 아닐지에 대해 잘 생각해 보는 것이 맞다. 내가 눈 시퍼렇게 뜨고 있음에도 장난질을 치려던 출판사는 빈에 있을 시절에도 숱하게 널려 있었다.

"이이익! 그럼 들어보세요! 도빈이가 만든 거 들어보시고 말해요."

뭐가 그리도 분한지.

배영빈이 자기 방으로 뛰쳐 들어가더니 MP3라는 작은 오디오와 스피커를 가지고 나왔다. 그리고 내가 작곡한 곡을 틀기 시작했는데, 큰아버지와 큰어머니는 두 눈만 멀뚱멀뚱 뜨고 있고.

"세상에……."

어머니와 아버지께선 많이 놀라신 모양이다.

'자기 자식이 천재라는 걸 알면 놀랄 수도 있지. 그래도 좋아하시니 다행이네.'

분명 경악에 가까운 표정이었다.

어머니와 아버지께선 나를 끌어다 앉혀놓곤 믿을 수 없다는 듯이 물어보셨다.

다그치듯 묻는 그 모습에서 얼핏, 요한의 모습이 비치는 듯하여 순간 걱정이 되었다.

'이분들도 나를 이용하려 들면 어쩌지.'

그러나 그것은 잠시간의 기우에 불과했다.

무겁게 고개를 끄덕이자 어머니께서 나를 와락 끌어안으셨다.

"우리 도빈이가 이렇게나 기특하다니. 엄마는 네가 컴퓨터 앞에만 앉아 있어서 벌써부터 그러면 어쩌나 걱정했잖니."

이제 보니 뭔가 기쁜 것보다는 안도했다는 느낌이다.

반면 아버지께서는 한숨을 내쉬었다.

"……후우. 참. 아빠 잘못 만나서 이렇게 재능이 있는 줄도 모르고."

말끝을 흐리셨는데 아마도 음악을 하면 돈이 많이 들기 때문일 터.

예나 지금이나 그런 것은 비슷해 보였다.

배영빈의 도움을 받아 컴퓨터로 한국에서 음악을 하는 법에 대해 찾아봤는데 역시나 대학이 있었다. 아무래도 현대 음악을 배우려면 그쪽 관련 학교로 진학하는 게 좋을 것 같고, 또 변화해 온 음악을 알고 싶단 마음이 컸는데.

우리 집 형편으로는 말도 안 될 듯하여 일찌감치 포기하고 있던 중이었다.

예전 같았으면 독립하기 전까지 나를 후원해 주는 사람들에게서 돈을 잔뜩 받아내 어머니, 아버지의 짐을 덜어드렸을 텐데 애석할 뿐이다.

그러지 않아도 내 악보만 팔아도 우리 가족이 먹고 사는 데에는 지장이 없을 것이다.

그러나 그런 나의 생각과는 별개로 다행히, 어머니와 아버지께서 정말로 나를 '자식'으로 생각하시는 듯했다.

어머니가 나를 꼭 끌어안으시는 것에서 그리 느꼈고 나를 제대로 가르쳐 주지 못할 거란 생각에 벌써부터 자책하는 아버지를 보며 나는 다짐했다.

"……여보, 아무래도 나는 반대야. 우리 도빈이가 지금 몇 살인데 벌써부터 이런 일을 해? 설사 잘할 수 있다고 해도 나는 이르다고 봐."

"아니라고요! 진짜라고요! 작은아빠, 이거 듣고도 그러시는 거예요? 아, 진짜 답답해!"

"쓥. 영빈아, 가만있어."

그나마 인자한 큰아버지가 드물게 배영빈을 혼내 자리에 앉혔다.

"그래요. 당신 말이 맞아요. 게다가 일본이면 우리도 따라가야 할 텐데 아무래도……."

"……후우. 도빈아, 미안하다. 이게 다 아빠 잘못이야. 아빠 잘못."

막 이야기가 마무리 되려던 차에 배영빈이 큰아버지의 만류를 뿌리치고 다시 한번 소리쳤다.

"아이 참! 작은아빠, 작은엄마! 이거 안 보이세요? 도빈이가 만든 8개 노래 계약금만 천만 엔이에요! 1억이라고요! 돈 걱정은 대체 왜 하시는데요!"

뭐라?

"할래!"

"……."

"……."

"도빈아?"

"할 거야! 엄마, 나 할래요!"

1억?

비싸서 사달라는 말은 못 하고 배영빈이 가끔씩 줄 때만 먹는 초콜릿이 천 원인데 1억?

"돈 좋아!"

아직 어휘력이 딸려서 정확한 뜻 전달은 못 하지만, 나는 돈이 필요하다.

현재의 음악을 보다 잘 알고 싶어서라도.

힘겹게 사시는 아버지, 어머니를 위해서라도 돈은 반드시 필요하다.

1억이라니.

완전 좋은 계약 아닌가!

♪

'대체 뭐라는 거야.'

일주일 뒤.

나는 아버지, 배영빈과 함께 일본이란 곳에서 찾아온 두 사람을 만났다.

아버지께선 일본어를 할 줄 모르시기에 사촌형을 굳이 같이 데리고 왔는데, 배영빈이 의외로 일본어를 잘하는 모양이다. 일본이란 나라의 말과 관련한 자격증이라는 게 있는 모양

인데 의외였다

　그러나 저쪽에서 통역사를 데리고 왔기에 배영빈은 할 일 없이 그냥 나와 파르페라는 어마어마하게 단 음식을 먹을 뿐이었다.

　파르페는 꽤 먹을 만했다.

　"이거 저희도 무척 놀랐습니다."

　엑스톤이라는 곳은 아마도 출판사인 듯. 직원으로 보이는 나카무라라는 일본인은 통역을 통해 놀라움을 전했다.

　"저희는 분명 재야에서 지내는 전 프로라고 생각했건만, 2006년생이라니. 눈으로 보고도 믿기지 않는군요."

　나카무라가 나를 지긋이 보았다.

　파르페라는 것에 심취해 있던 나는 그 시선을 느끼곤 그와 눈을 마주했다.

　그 올곧은 눈빛을 보면 사기꾼으로 보이지는 않는데, 아직은 모르는 법이다.

　사람은 믿어선 안 될 일.

　과거 몇 차례 내게 사기를 치려던 사람들을 겪어왔기에 나는 장사꾼은 좋아할지언정 장사치에 대해서는 혐오한다.

　나카무라가 싱긋 웃은 뒤 고개를 돌려 아버지를 보았다.

　"형아."

　귓속말로 배영빈에게 말을 걸었다.

"저 두 사람이 통역이랑 다른 이야기 꺼내면 아빠한테 다 알려줘야 해. 꼭. 알았지?"

"그래. 알겠어."

조금 이상한 놈이긴 해도 어린 나이에 용케 외국어(일본어)를 할 줄 아는 배영빈이 있어 다행이다.

적어도 쉽게 사기를 당하진 않겠지.

"실은…… 저로서도 조금 당황스럽습니다. 보통 상황이었다면 바로 계약을 부탁드리고 싶겠지만, 아무래도."

"우리 아이가 만든 곡이 아니라고 의심하시는 거군요."

아버지의 말을 전해 들은 나카무라는 손사래를 치며 애써 부정했다.

"기분이 나쁘셨다면 진심으로 사죄드립니다. 다만 의심이 아니라 확인을 하고 싶다는 뜻으로 생각해 주셨으면 합니다."

"으음."

아버지께서 뜸을 들이자 나카무라는 조금 난감한 듯했다.

저 남자들이 계약서상으로 장난을 치지 않는다면 협상 테이블은 아버지께 맡겨도 될 듯하다.

비록 가난하지만 아버지께선 학업에 충실하셨다고 들었다.

어머니 역시 학벌이 좋으시다니, 두 분이 왜 가난한지 알 수 없지만 어찌 되었든 아버지는 상당히 진지해 보였다. 평소에도 나를 너무 좋아하는 것만 제외하면 신중한 편이시니 군이 나설 필요는 없을 것이다.

"우선."

"저는 도빈이에게 어떤 기회가 될 수 있을지도 모른다는 생각으로 나왔습니다. 지금도 도빈이가 좀 더 자란 뒤에 이런 일을 해도 괜찮다는 생각이라, 믿지 못하시겠다면 없던 일로 하고 싶군요."

전언 취소.

1억 원을 받아야만 하는데 그렇게 되면 곤란해진다.

출판사 직원들도 사색이 되고 말았다.

지금 엑스톤이란 곳과 아버지 사이의 간극은 내가 정말 그만한 작곡력을 갖췄는가.

그것을 증명하면 좁혀질 일이다.

'어쩔 수 없지. 이보다 좋은 제안이 들어올 수도 있지만 지금 당장은 돈이 급하니까.'

"아저씨, 종이랑 펜 좀 줘요."

"도빈아?"

"심심해요."

걱정스레 나를 부르는 아버지에게는 심심하다는 핑계를 대었다.

통역사가 허겁지겁 가방에서 종이와 펜을 꺼내주었고 나는 거기에 이번에 완성하려 했던 곡을 적어 나가기 시작했다.

"……믿을 수 없군."

나카무라가 뭔가 말했지만 알아들을 수는 없었다. 통역사가 군이 그 말까지는 통역하지 않았기 때문이다.

그러나 아마 감탄이라든가 하는 종류의 말이었다고 추측해 볼 수 있었다.

음악에 교양이 있는 자라면 내가 지금 써 내리는 곡을 머릿속으로 조금은 상상해 볼 수 있을 터. 이 완벽하게 조율된 악보를 알아볼 수 없다면 나와 계약할 자격이 없는 사람이라 생각했다.

그런 점에선 나 역시 나카무라라는 사람을 시험해 본 것이다.

나카무라는 슬며시 자리에서 일어나 내가 있는 쪽으로 왔다. 아마 거꾸로 보고 있던 것을 바로 보고 싶은 것이리라.

"아, 아버님. 이건 혹시 도빈 군이 기억하고 있는 것은 아닌지."

나카무라의 말이 통역되어 전달되었고, 아버지는 그 말을 듣곤 기분이 상하신 듯 퉁명스럽게 답했다.

"나는 모르는 일입니다. 도빈아, 지금 이건 예전에 만들었던 곡이니?"

"머리로 정리하다가 다 생각나서 옮겨 적는 거예요. 아, 이 부분이 가장 중요한데. ……이게 낫겠다."

나카무라가 통역사를 재촉하였다.

나와 아버지의 대화가 무슨 뜻인지 알려달라는 듯했다.

통역사가 나카무라에게 몇 마디 전달했고 그는 충격을 받은 듯했다. 아무 말도 없이 넋이 나간 사람처럼 멍하니 악보만 들여다볼 뿐이었다.

"흠. 더 이상 할 말이 없으시면 이만 가보도록 하겠습니다."

"자, 잠시만."

나카무라는 일어서려는 아버지를 몸으로 막아 세웠고, 아버지는 이게 무슨 짓이냐며 조금 화를 내었다. 그러자 나카무라가 고개를 깊게 숙이며 큰 소리로 외쳤다.

"댁의 자녀분은 천년에 한 번 나올 천재입니다. 부디 엑스톤과 함께 그 재능을 꽃피울 수 있게 허락해 주십시오. 부탁드립니다."

당황한 통역사가 나카무라의 말을 뒤늦게 전달하기 시작했고, 아버지는 고민에 빠지셨다.

'녀석, 사람 보는 눈은 있구먼.'

나카무라라는 사람은 제법 안목을 갖춘 듯했다.

천년에 한 번 나올 사람이라니.

썩 마음에 드는 표현이다.

"……우리 도빈이가."

그때 아버지께서 처음으로 적의가 없는 목소리를 내셨다.

"우리 도빈이가 정말 그렇게 재능을 가지고 있습니까?"

"그렇습니다. 저는 이제껏 이런 사람을 본 적 없습니다. 원석, 아니, 이미 완성된 보석입니다. 세상 그 어떤 다이아몬드보다 크고 아름다운 재능입니다."

나카무라의 눈은 더없이 진지했다.

아버지는 그런 그를 지긋이 보더니 이내 눈을 감고 숨을 내쉬었다. 그러곤 고개를 돌려 내게 물으셨다.

"도빈아, 음악이 좋니?"

"네."

너무나도 당연한 말이다.

"······계약이 어떻게 진행된다 하셨죠?"

아버지께서 다시 자리에 앉으시며 입을 여셨고, 나카무라는 거듭 고개를 숙이며 감사 인사를 했다.

'이제 알아서 잘 조율하시겠지.'

지금부터는 '어린애'가 나설 자리가 아니기에 나는 종이에 하던 일을 계속해 나갔다.

[새로운 곡을 만들었습니다. 하나의 곡을 완성할 때마다 일정 경험치가 누적됩니다.]

['väterliche Liebe(부성애)'-신규]

[총평: B+]

[완성도: 91, 예술성: 94, 대중성: 71]

마지막 음을 적었을 때, 알림창이라고 이름 지은 '글자들'이 떠올랐다. 이제는 제법 익숙해졌기에 점수를 확인했는데 여전히 마음에 안 드는 수준이다.

'완성도와 예술성은 그렇다 쳐도 대중성은 대체 뭐야?'

감히 이 루트비히 판 베트호펜의 곡을 평가하는 것도 모자라 71점이라니, 어이가 없을 지경이다.

역시 이 '신의 장난'은 볼 가치가 없다.

"……그럼?"

"네. 제작비를 포함한 모든 제반 비용은 엑스톤에서 부담하겠습니다. 도빈 군은 지금까지처럼 작곡을 해주기만 하면 됩니다. 요청해 주신 대로 도빈 군이 아직 어리기에 필요하다면 한국으로 와 작업을 진행하도록 하겠습니다."

"감사합니다. 음…… 계약 기간이 3년이라고요."

"그렇습니다. 3년간 모든 수입은 순수 음반 제작비를 제한 수익에 2할을 지급해 드리겠습니다. 대신, 말씀해 주신 대로 계약금을 높여 1,500만 엔으로 수정하겠습니다. 아버님께선 적다고 생각하실지 모르겠으나."

"아아, 그 설명은 확실히 기억하고 있습니다. 또…… 정산을 1년에 네 번 한다고요?"

"네. 이것은 회사 방침이라 어쩔 수 없습니다만, 원하신다면 그달에는 나눠 지불해 드리기도 합니다."

"정산 자료는 모두 첨부해 주시고요."

"물론 그렇게 하겠습니다."

아버지께선 고심하시는 듯하다가.

"그리고 우리 아이가 만약 배우고 싶은 것이 있거나. ……도빈이에게 필요한 것이 생기면 부탁드릴 수 있겠습니까?"

다시 한번 입을 떼셨다.

"도리어 저희가 부탁드리고 싶은 일입니다. 도빈 군에게 필요한 지원은 최대한 받을 수 있게 관련 내용을 특약 사항에 명시하겠습니다."

나카무라라는 남자의 대답이 마음에 드시는지 아닌지 아버지는 눈을 지그시 감고 생각에 잠겼다.

평소 집에서 어머니와 아버지께서 사용하시던 단어가 아니었기에, 그 대화 내용에 대해서는 제대로 이해하기 힘들었지만 아버지께서 꼼꼼히 무엇인가를 챙기고 있다는 것만큼은 느낄 수 있었다.

그러곤 이내 눈을 뜨시더니.

"……우리 아이를 잘 부탁합니다."

아버지께서 무겁게 입을 여셨다.

그 목소리에서 아버지가 얼마나 많은 생각 끝에 결정하신지 알 수 있어서 가슴이 따뜻해졌다.

'요한'과는 너무도 다른 모습.

'……반드시 성공해서 이분을 행복하게 해드려야겠다.'

다짐. 또 다짐했다.

♪

잘은 모르겠지만 나는 곡을 써주면 되고, 그걸 '음반'이라는 것으로 만드는 모양이다.

"형, 음반이 뭐야?"

"CD야."

"CD?"

"CD 몰라? 이거, 이거."

고개를 끄덕이자 배영빈이 책장에 꽂힌 '무엇' 중에서 하나를 꺼냈다.

케이스를 열자 둥글고 납작한 것이 보였다.

"아. 알아."

어머니께서 항상 오디오로 음악을 들려주실 때 넣었던 것이다.

이런 것에 연주된 곡을 넣어서 언제나 똑같이 들을 수 있다니, 정말 세상 신기한 일이다.

나카무라가 다녀간 이후.

나는 엑스톤에서 나온 프로듀서라는 사람과 만나 이것저것 대화를 나누었다.

프로듀서는 내가 어리기에 그런 것인지 큰 요구를 하진 않았다. 다만 내가 무엇을 할 수 있는지에 대해서는 상세히 알고 싶어 했기에 이것저것 물어보았고 거기에 대해서는 답변해 주었다.

아는 단어가 많이 없어서 그쪽이 제대로 이해를 했는지는 모를 일이지만 말이다.

'어찌 되었든 돈을 주는 사람이니 잘해줘야지.'

예술가는 자신을 알아주는 사람을 위해 사는 법이다.

알아준다 함은 역시 돈.

돈이 최고다.

더군다나 지금의 우리 가족은 매우 가난한 편이라 더욱 절실할 수밖에 없었다.

'벗인 페르디난트 폰 발트슈타인이나 막시밀리안 프란츠 대주교가 없었더라면 나는 없었지.'

그러니 내 곡에 대해 간섭하지 않는 이상, 잘해줘야 한다는 거다. 원하는 곡이 있으면 만들어주는 것 역시 잠시간 해줄 용의가 있었다.

남의 취향에 맞춘 곡을 쓰는 것은 혐오한다만 돈이 급한 현재로서는 감내해야 할 것이다.

"음……."

"왜요?"

"아, 아니야."

다행히 프로듀서라는 사람은 한국말을 할 줄 알아서 그나마 이야기가 쉽게 통했는데 몇몇 질문에 대한 답을 해주자 뭔가 심각하게 고민하기 시작했다.

'기분 나쁘게 왜 저러는 거야?'

"도빈아, 혹시 이거 누구한테 배운 거야?"

"……."

대답을 할 수 있을 리가 없다.

4살이 되도록 나 역시 이 세계에 대해 조금은 이해하고 있다. 온통 신기한 물건으로 가득한 대한민국이지만 다시 태어났다는 것은 역시나 비현실적인 이야기.

내가 누구를 사사했고, 누구의 영향을 받았는지에 대해 말했다간 정신 나간 꼬맹이 취급을 당할 게 뻔했다.

"바흐, 모차르트."

내가 해줄 수 있는 답은 여기까지.

자세히는 말할 수 없다.

프란츠 요제프 하이든을 사사했지만, 그건…… 그리 유쾌한 관계가 아니었다. 내게 영감을 주었던 두 위인을 언급하는 정도가 전부이리라.

슬쩍 고개를 들자 프로듀서가 믿을 수 없다는 듯 중얼거렸다.

"변변한 선생도 없이 그저 곡을 듣는 것만으로 이만큼이나 음악을 할 수 있다니. 가능한 일인가?"

뭔가 오해가 생긴 듯하지만 그리 중요한 일은 아니다.

고개를 절레절레 흔든 프로듀서는 다시 한번 내가 적은 답안지와 악보를 보면서 '아무래도 베토벤이란 말이야'라고 말했다.

"베토벤?"

계속 궁금했던 이름이다.

나는 그가 대체 누구인지 알 수 없었다.

"그래. 베토벤. 혹시 베토벤을 좋아하니?"

"베토벤이 누구예요?"

"음? 베토벤을 몰라?"

프로듀서는 자리에서 일어나 피아노 앞에 앉더니 나의 14번째 피아노 소나타를 연주했다.

연주 실력은 들어는 줄 만한 정도.

아직 배울 점은 많다.

"이거 만든 사람이잖아."

"……네?"

이건 또 무슨 개풀 뜯어먹는 소리.

내가 만들었다고 말할 수도 없고, 어이가 없다는 식으로 프로듀서를 볼 수밖에 없었다.

"역시 애긴 애구나."

하하 작게 웃은 프로듀서는 다시 내 앞으로 와서 앉았다.

"베토벤이란 사람은 말이야, 정말 위대한 음악가야. 음악을 하는 사람이라면, 아니, 모르는 사람이 없을 정도지."

"그러니까 베토벤이 누군데요? 방금 전의 곡 만든 사람은 루트비히 판 베트호펜이에요."

"베트호펜?"

"베트호펜. 루트비히 판 베트호펜."

"아아아아."

"응?"

"하하하. 도빈이가 독어 공부를 했나 보구나. 그래 맞다. 그게 정확한 발음이지. 그래그래."[4]

"……?"

"루트비히 판 베트호펜. 네 곡이 꼭 그분의 느낌이 나서 그렇단다."

아니. 이 사람들이.

무례에도 정도가 있지 않은가.

대한민국 사람들은 죄다 나를 '베토벤'이라고 알고 있다고?

황당해서 물어보니 프로듀서가 이에 관련해 다시 한번 설명

---

4) 부록-루트비히 판 베토벤은 어떻게 발음할까?

해 주었다. 인정할 순 없지만 이야기를 들어보면 내가 어떻게 바꿀 수 있는 건 아닌 듯.

분해서 부들부들 떨었다.

아무튼.

"제가 ……베토벤이란 사람처럼 곡을 쓴다고요?"

"응. 엄청 닮았어. 아, 칭찬이니까."

이 사람.

믿을 수 있는 사람이다.

"와아."

"어때, 마음에 드니?"

고개를 끄덕일 수밖에 없었다.

프로듀서가 내게 소개해 준 장소는 방음이 완벽하게 되어 있는 공간이었는데, 좁긴 해도 내가 그토록 가지고 싶었던 피아노가 있었다.

오랜 시간 소리를 들을 수 없는 상태에서 작곡을 해왔던 터라 익숙해지긴 했지만 피아노로 음을 들어가며 곡을 만드는 것과 그러지 못하는 것에는 분명 차이가 있을 수밖에 없다.

다시 태어난 뒤.

한 번 만든 곡은 전부 기억하기에 피아노가 있었으면, 하는 생각을 해왔었다. 더욱이 기왕에 청력을 되찾았으니 새로운 곡을 쓰는 데에도 악기를 사용해 보고 싶던 차였다.

피아노가 없어도 작곡을 할 수 있는 것과는 다른 영역.

소리를 듣는 것은 보컬라이드로도 가능했지만 여전히 내가 바라는 음을 정확히 표현하기엔 어려움이 있었다. 컴퓨터로 곡을 만드는 것은 불편했던 터라 피아노를 마주하여 정말로 기뻤다.

'뭐부터 연주해 볼까.'

게다가 피아노가 있으면 내 곡을 직접 연주해 들을 수 있다.

어머니께서는 클래식 음반을 꽤 여럿 가지고 계셨지만 애석하게도 내가 만든 모든 곡을 가지고 계시진 않았다. 당연히 나로서는 내가 만든 곡을 들을 방법이 없었던 것.

내 곡의 대부분은 귀에 이상이 생긴 뒤에 만든 거라 직접 듣고 싶은 마음이 컸다.

"응?"

근데 뭔가 이상하다.

피아노처럼 건반은 있는데 건반을 누르면 작용해야 할 망치와 줄이 없다.

"아저씨, 이거 이상해요."

내가 피아노가 왜 이렇게 생겼는지 물으니, 프로듀서가 크게 웃었다.

이 젊은 놈이 나를 비웃는 것 같아 마음에 들지 않았지만 그런 것에 신경 쓸 여유 따위 없었다.

대답을 재촉하자 프로듀서가 피아노처럼 생긴 것 앞에 서서 그것에 손을 얹었다.

"이건 신시사이저라는 거란다."

딩딩딩-

'신시사이저'라는 물건을 소개하면서 프로듀서는 '신시'의 몇 몇 기능을 알려주었다.

너무 많은 정보가 한 번에 들어와 이해할 순 없었지만 평균율을 바탕으로 조율한 피아노와 달리, 자기 멋대로 조작하면서 다채로운 음을 낼 수 있다는 것에서 어이가 없을 지경이었다.

마치 마술 같았다.

그뿐만이 아니다.

피아노의 소리가 아닌 것도 낼 수 있었다.

이 괴물은 대체 무엇이란 말인가!

"이건 이렇게······."

끄덕끄덕.

"이건 요렇게······."

끄덕끄덕.

"저건 저렇게 하는 거란다."

"……."

이해할 수 있을까 보냐!

"너무 어려워요."

"아, 미안. 내가 너무 신을 냈구나. 하하하."

MIDI라는 이상한 것부터 시작해서 도대체 알아들을 수가 없는 말만 해대고, 신시사이저라는 괴물 같은 물건은 도대체 어떻게 사용하는지조차 이해할 수 없다.

컴퓨터라는 것만큼이나 어려웠기에 잔뜩 인상을 쓰자 '역시 4살에겐 어려울 수밖에 없겠지. 이건 천천히 배우도록 하자라는 말을 하면서 내게 한 번 더 상처를 주었다.

이런 기기에 대해 익숙한 지금 사람이라면 몰라도, 나는 좀처럼 이런 전자기기를 사용해 본 적이 없었기에 컴퓨터 같은 것에 익숙해지기 어려웠다.

시간이 좀 더 흐르면 적응할 수도 있겠지만 지금 당장은 무리다.

"혹시 피아노 필요하니?"

"네! 필요해요!"

역시 믿을 만한 사람이다.

아쉬웠는데 뭔가 방법이 있는 듯하다.

프로듀서는 곧장 어디론가 전화를 하더니 나를 '차'라는 곳에 태우고 어디론가 다시 이동했다.

얼마 후.

좀처럼 뛰는 가슴을 진정할 수 없었다. 마침내 내가 알던 그 형태의 피아노를 만날 수 있었기 때문이다.

프로듀서가 나를 데려온 장소는 그전보다 좀 더 넓은 곳이었으며 아름다운 형태의 피아노가 고고히 자리 잡은 방음실이었다.

그러나.

빠·빠·빠· 빰! 빠·빠·빠· 빰!

피아노 앞에 섰을 때 갑자기 머릿속에 내 다섯 번째 교향곡이 울려 퍼졌다.

정말이지 내가 당시 느꼈던 그 절망감과 너무도 다르지 않은, 운명을 마주한 듯한 기분이었다.

"끄아앙!"

매일 밤 그리워하며 만나기만을 기다렸건만!

피아노를 앞에 두고도, 의자에 앉았음에도!

태어나고 3년 만에 겨우 마주했음에도!

"아하하. 이거 참……."

"손이 작잖아!"

이런 미칠 노릇이 있나!

빌어먹게 고사리 같은 내 손이 너무 작아 피아노를 제대로 칠 수가 없는 것이었다.

　그뿐만이 아니었다.

　팔도, 허리도 짧으니 제대로 된 연주를 할 수 있을 리가 만무하다.

　빌어먹을! 빌어먹을!

　"짧아!"

　게다가 다리도 짧다!

　의자에 앉아 페달을 밟기는커녕 의자에 올라서 앉는 것도 기어오르다시피 해야만 했다. 등산을 하는 듯한 느낌으로 안간힘을 써야 겨우 의자에 앉을 수 있었다.

　"끄아앙!"

　성질이 뻗쳐서 악보를 패대기쳐 버렸다.

　이 빌어먹을 신 같으니!

　"내 손발 내놔!"

♪

　"……."

　아무것도 생각할 수 없었다.

　왜냐하면 나는 아무 생각이 없기 때문이다.

　"프, 프로듀서 님? 우리 도빈이가 왜 이러는 건가요? 무슨 일 있었나요?"

어머니가 걱정스러운 표정을 지으며, 앉아 있는 나를 보셨다.

평소라면 뭐라도 반응을 보여드렸을 텐데 지금은 그럴 힘이 조금도 없다.

"아…… 그게. 아무래도 손이 작아서 피아노를 못 친다는 것이 충격이었나 봅니다. 오는 내내 저렇게 멍하니 있네요."

"하. 하하하하."

"도, 도빈아?"

어이가 없이 웃음이 나오기 시작한다.

걱정스레 내게 다가오는 어머니를 안아드릴 생각도 들지 않는다.

그저 서러울 뿐이다.

누군가 내 처지를 안다면 나이 먹고 무슨 추태냐 손가락질할지도 모르겠으나 내게는 너무도 중요한 일이었다. 소리를 잃고 난 뒤로 나는 단 한 번도 내 곡을 연주해 들어본 적이 없었다.

한때는 '요한' 때문에 부수려 했던 적도 있었으나 동시에 가장 사랑하는 악기, 피아노.

피아노가 없는 삶은 단 한 번도 생각해 보지 않았던 나로서는 소리를 잃은 뒤 너무도 큰 절망에 빠졌었다.

한데, 이번에 다시 한번 그 느낌을 받은 것이다.

다른 어떤 이유도 아니고 몸뚱어리가 작아서 제대로 칠 수 없다고 하니 그간의 서러움이 폭발하고 말았다.

"도빈아, 금방 클 거야. 도빈이 얼마 전까지만 해도 잘 못 걸었던 기억 안 나?"

어머니께서 달래주시려고 말씀하신 내용이 나를 더욱 서글프게 한다.

앞으로 대체 몇 년을 더 기다려야 한다는 말인가!

"저…… 도빈이가 바라기도 해서 장소를 섭외해 봤지만 아무래도 아직은 이른 듯합니다. 컴퓨터 프로그램을 이용하는 것도 도빈이에겐 아직 어려운 듯하니. 지금까지처럼 부탁드리고 싶습니다."

"어쩔 수 없죠. 오늘 고생하셨어요."

"네. 조만간 다시 찾아뵙겠습니다."

"도빈아, 아저씨 가시는데 인사해야지?"

"……."

"떽. 엄마는 예의 없는 도빈이 싫어요?"

"……안녕히 가세요."

할 수 없이 인사를 하자 히무라 프로듀서가 웃으며 집을 나섰고, 어머니는 그런 나를 꼭 안아주셨다.

생각지도 못한 부분에서 돌에 걸려 넘어지니 도무지 마음을 추스를 수 없었다.

오늘은 모차르트의 음악을 듣는 것으로 스스로를 위로해

줘야 할 것 같다.

♪

일본 굴지의 레이블, 엑스톤은 몇 개월 전 한 사원으로부터 제보를 받았다.

보컬라이드라는 프로그램을 통해 만들어진 몇몇 개의 곡을 올린 'YBEAN'.

닉네임 'YBEAN'은 단기간에 8개의 곡을 니코동이라는 커뮤니티 사이트에 올렸고, 그 반응은 폭발적이었다.

기존의 창작곡과는 다른 클래식한, 아니, 클래식 그 자체의 음악이었으나 사람들의 반응은 뜨거웠다. 좀처럼 드문 장르의 음악이었기에 그 반응은 더욱 부각되었다.

'YBEAN'의 음악을 들은 사람들이 하나같이 감탄했던 점은 선율로 전해지는 감성이었다.

'부활'은 지독한 절망을 광기 어린 감성으로 너무도 잘 표현하고 있었다.

인트로부터 과감하게 나서는 선율은 듣는 사람으로 하여금 전율을 일으키게 했다.

그 알 수 없는 '전율'이 입소문을 타기 시작, 'YBEAN'은 순식간에 화두에 올랐다.

심지어는 배영빈이 본인 아이디로 올렸던 니코동의 게시글이 대한민국의 게시판에 역수출되는 일까지 생겨났다.

┗이거 누구임?
┗모름. 프로라는 이야기가 있던데 다 카더라임.
┗프로는 무슨. 뭐 베낀 거 아니냐? 3달 동안 8곡이 말이 안 되잖아.
┗아님 ㅇㅇ 다 찾아 봤는데 오리지널 맞음. 뭐 일본 쪽 음반사 신곡 아닐까? 반응 보려고.
┗어떤 미친놈이 반응 보려고 8곡씩이나 올려.
┗ㅇㅇ 같은 생각.
┗그나저나 8곡 전부 조회 수 100만 넘는 거 레알이냐?

가사도 없는 곡이 이만한 반향을 불러일으킨 것에 의아했던 엑스톤의 직원은 해당 곡을 확인, 망설이지 않고 팀 회의에 제출하였다.

결론은, 믿을 수 없다.

초기 몇 곡은 조잡하기 짝이 없었으나 시간이 흐를수록 마치 다른 사람이 된 것만 같았다.

혹시나 싶어 표절곡인지에 대해 철저히 알아봤으나 완벽한 오리지널 곡이란 사실만 확인되었다.

"분명 프로입니다."

"잡아야만 합니다. 요새 이런 클래식한 곡을 이만한 퀄리티로 뽑아내는 사람이 어디에 있겠습니까?"

세계적으로도 클래식 음악 소비량이 높은 일본이었지만 최근 들어선 마땅한 인재가 없는 것도 사실이었다.

과거 수많은 천재가 만들어온 곡들이 있었지만 새로운 음악이 나타나지 않으면 언젠가는 그 수명이 다할 터.

신인 찾기에 혈안이 되어 있었던 엑스톤으로서는 더는 고민할 필요가 없었다.

"알아보도록 하겠습니다."

그리하여 알아본 결과.

나카무라와 히무라는 두 눈을 의심할 수밖에 없었다.

"이거 저희도 무척 놀랐습니다."

나카무라는 자신도 모르게 말을 내뱉고 말았다.

'YBEAN'의 정체가 많이 쳐줘야 두세 살 정도 되는 아이였던 것.

한국 나이로 네 살이라고 했던가?

믿을 수 없었다.

혹시나 이 아이의 아버지가 장난을 치는 건 아닌지 의심해볼 정도였다.

그러나.

'이럴 수가.'

본인의 눈앞에서 빈 오선지를 채워나가는 배도빈을 보며 나카무라는 확신할 수 있었다.

마침내 하늘이 새로운 천재를 내린 것이라고.

다만.

"으음. 확실히 대단한 곡이지만 역시 3살짜리 아이가 쓴 게 맞나 보네요."

"그렇지."

"제가 여길 제대로 이해한 게 맞나요?"

문제는 악보가 매우 더럽다는 점이었다.

악필도 이런 악필이 없었다.

과연 천재적인 음악 재능을 가진 것과는 별개인지 배도빈의 악보를 보는 일은 꽤나 곤욕이었다.

'아직 어려서겠지.'

배도빈의 전담 프로듀서 히무라는 배도빈이 나이를 먹으면 자연스레 나아지리라 생각했다.

마음에 걸리는 점은 그뿐만이 아니었다.

'이상하단 말이야. 그 어린아이가 어떻게 이런……'

히무라는 의아함을 지울 수 없었다.

악보에 사용되는 기호부터 적는 방식까지 휘갈겨 적혔기에 알아보기 힘들 뿐, 잘못 사용된 것은 단 하나도 없었다.

총괄 매니저 나카무라로부터 전해 듣기로는 그의 부모 역시 배도빈에게 무엇인가를 가르쳐 준 적이 없다고 하였기에 히무라는 이 이해할 수 없는 상황에 대해 의심할 수밖에 없었다.

'혹시 유명세를 끌기 위해 사기 치는 거 아냐?'

그러나 일단 배도빈이 직접 악보를 써 내려가는 과정을 두 눈으로 확인했기에 의심을 더할 순 없었다.

더욱이.

"이거 엉망이니 다시 줄게요."

첫 번째로 올라왔었던 '부활'을 다시 적기 시작한 배도빈이 일주일 내내 악보를 고쳐가며 주었는데.

그것은 '엑스톤'과 '세상'이 알고 있던 '부활'이 아니었다.

과연 사람이 이다지도 완벽을 추구할 수 있는가?

정말 오래 걸리긴 했으나 배도빈은 연주에 필요한 모든 정보를 적어두었다. 아니, 마치 그 악보는 이렇게 연주하라고 명령을 내리는 듯했다.

하여 그 완성된 악보를 들고 곧장 연주자들과 미팅을 잡은 것이었다.

"세상에."

"나카무라 씨, 이게 정말 4살 먹은 아이가 만든 곡이라고요?"

"네. 사실입니다."

엑스톤 소속 연주자들을 상대로, 총괄 매니저 나카무라와 배도빈의 전담 프로듀서 히무라가 자리를 마련했다.

배도빈과 계약을 했던 8곡 중에서 단 하나의 악보만이 완성되어 있었는데, 기존 인터넷에 올라왔던 것과는 차원이 다른 완성도였다.

녹음을 하기 전.

4살 아이가 만든 그 악보를 보며 곡의 전반적인 해석을 함께하고 작곡가의 코멘트를 전해주는 자리를 마련한 것이었다.

그러나 그 누구도 'Auferstehung(부활)'이라는 피아노 3중주 곡을 4살 꼬마의 작품이라고 생각하지 못했다.

그 지저분한 악보는 그야말로 '완벽'하다고 느껴질 정도로 모든 정보가 상세히 나타나 있었고 심지어는 메트로놈의 박자 수까지 일일이 적혀 있었다.

온라인 커뮤니티에 처음 올라왔던 것과는 차원이 다른 곡이었다.

"……농담이죠?"

"하하하."

연주자들이 악보를 보며 작게 감탄하는 모습을 보며, 나카무라는 내심 자신의 눈이 틀리지 않음을 확인하였다.

"이거…… 너무 빠르지 않아요?"

피아니스트가 악보를 살펴보더니 앓는 소리를 냈다.

피아노의 역할이 좀 더 큰 피아노 3중주였는데, 메트로놈으로 표현된 연주 속도가 너무도 빨라 피아니스트의 부담이 클

수밖에 없던 탓이었다.

히무라가 확인해 보니 확실히 어지간한 피아니스트도 혀를 내두를 정도의 빠르기였다.

"음······. 뭐, 실수로 적은 걸 수도 있으니까요. 다른 의견은 없습니까?"

"네."

"좋습니다. 일정은 다음 주로 잡도록 하죠. 수고하셨습니다."

"수고하셨습니다."

미팅을 마친 프로듀서 히무라는 다시 서둘러 서울로 향하는 비행기에 탑승했다.

"네. 맞아요."

으음.

내 악보를 보기 힘들어하는 건 예나 지금이나 마찬가지인 듯하다.

악보에도 감정을 담아야 한다는 사실을 대체 왜 이해 못 하는 건지 모르겠다만, 확인을 위해 이리 신경을 쓰는 건 무척 기특한 일이다.

웃으며 고개를 끄덕였다.

"흐음."

그러나 반응이 조금 이상하다.

"도빈아, 실은 내가 생각하기에 이 부분의 연주 속도가 너무 빠른 듯한데. 어떻게 생각하니?"

두 눈을 깜빡이며 프로듀서를 볼 수밖에 없었다.

이건 또 무슨 말인가.

감히 나 루트비히 판 베트호펜의 곡에 이견을 두다니!

그러나 나도 이자의 무지함을 깨우쳐 줄 아량 정도는 있다.

"그렇게 표현해야 해요."

"으으음. 혹시 수정의 여지는 없는 거니?"

"안 돼. 안 돼."

말 같은 소리를 해야 들어주지.

프로듀서가 이상한 말을 하려 들기에 기분이 몹시 언짢아졌다.

다른 일이야 관대해질 수 있어도 곡에 대한 것만큼은 조금도 양보해 줄 생각 없다.

'부활'은 애초에 극적인 변화를 통한 감정 표현을 중요시하는 곡이다. 연주 속도 역시 필히 표현의 한 부분. 프로듀서가 곤란한 표정을 짓고 있기에 단단히 말해두었다.

"저, 한 번만 더 생각해 보는 건."

"안 돼! 안 돼!"

"……허허. 그래. 알았다."

그는 고개를 끄덕이며 다음 곡의 진행 상황에 대해 묻기 시작했다.

분명히 말해두었는데도 다음에도 이러면 단단히 혼을 내줄 것이다.

잠시 후.

어느 정도 악보에 대한 설명이 끝나자 프로듀서가 이상한 말을 했다.

"참, 다음 주에 일본으로 한번 가보지 않을래? 아버지, 어머니랑 같이. 녹음하는 거 구경하고 싶을 것도 같고, 또 보도 자료로 쓸 인터뷰도 해야 하는데."

"보도? 인터뷰?"

무슨 말인지 몰라 되물어보니 홍보를 하기 위한 것이라고 한다.

뭔지 모르겠지만.

"그래야 많은 사람이 도빈이의 음반을 듣지?"

"그럼 돈 많이 벌어요?"

"돈? 하하하! 그래. 아마 도빈이라면 순식간에 인기가 많아질 거야."

그럼 당연히 해야지.

고개를 힘차게 끄덕였다.

♪

"엄마, 엄마!"

어머니! 이건 아니오! 이건 정말 아니 될 일이오!

부모님께서 분명 뭔가 잘못 생각하고 계신 것이 틀림없다.

어머니의 다리를 붙잡고 안간힘을 써 말리려 했으나 소용없
는 짓이었다.

"하하하. 도빈이가 비행기 처음 타서 무서운 거구나?"

좋게 봐줬더만, 히무라라는 자식은 사기꾼이 틀림없다.

어찌 쇳덩이가 하늘을 난단 말인가!

또 멀쩡하신 부모님은 저 미친 소리를 왜 믿고 계신지 이해
할 수 없었다.

"도빈아, 자."

아버지께선 내가 안기지 않으면 금방 속상해하시기에 자식
된 도리로써 어쩔 수 없이 안아주게 해드리지만.

이런 상황에까지 요구할 줄은 몰랐다.

"안 돼! 죽어! 죽는단 말이야!"

부족한 내 어휘력으로는 이들을 설득시키기 어렵다는 것이
통탄할 지경이다.

"이걸 어쩌죠? 하하하."

능청스럽게 연기를 하는 나카무라.

저놈은 필시 내가 그동안 작곡한 것을 독차지하기 위해 우리 일가족을 죽이려 드는 것이리라.

"괜찮습니다. 제가 안고 타면 되니까요. 도빈아, 고집 그만 부리고 아빠한테 와."

"빼애애액!"

볼썽사나운 것은 안다. 나도 이러고 싶진 않지만 기적을 통해 만난 어머니와 아버지를 잃을 순 없는 일이다. 더욱이 다시 찾아올 수 없는 '귀가 들리는 삶'을 포기할 수도 없는 노릇.

말이 통하지 않으니 어쩔 수 없이 소리를 빽 하고 질렀다.

"괜찮아, 괜찮아."

"하나도 안 괜찮아!"

어머니와 아버지께서 슬슬 난감하다는 표정을 지으셨다.

방법은 마음에 들지 않으나 나 역시 필사적이었기에 어쩔 수 없는 선택.

"괜찮아요. 어서 들어가죠."

이이이익!

아등바등 댔지만 아버지의 공사판에서 다져진 아버지의 억센 팔에서 벗어날 순 없었다.

♪

"지쳐 잠든 모양이네요."

"원래 이런 애가 아닌데. 왜 그러는지 모르겠네요."

"무서웠던 모양이죠. 하하하. 그래도 도빈 군에게 이런 면이 있을 줄은 몰랐습니다. 아이치고는 너무 어른스럽다고 생각했는데 이렇게 보니 귀엽네요."

"하하하. 그리 말씀해 주셔서 감사해요."

도쿄행 비행기에 오른 엑스톤 프로듀서 히무라와 배영준, 유진희 부부는 울다 지쳐 잠든 배도빈을 보며 담소를 나누었다.

"그럼 일정은 어떻게 되는 겁니까?"

"우선은 도착한 뒤 숙소에서 이틀간 휴식을 취하시면 됩니다. 모든 경비는 엑스톤에서 부담하니 관광을 원하신다면 안내해 드리도록 하겠습니다."

히무라는 도쿄 인근에 있는 관광 명소에 대한 팸플릿을 꺼내 들어 부부에게 주었다.

관광객을 위해 번역된 것이었기에 배영준, 유진희 부부는 관심을 가지고 살펴볼 수 있었다.

"개인적으로는 지브리 미술관을 추천해 드립니다. 아이들이 참 좋아하거든요. 실은 도빈 군을 위해 미리 예약해 두었습니다."

배도빈이 좋아할 거란 말을 들은 부부는 내심 가고 싶어 하면서도 어렵게 입을 뗐다.

"아무리 경비를 부담해 주신다고 해도……."

"걱정 마십시오. 저희로서는 꼭 모시고 싶습니다. 이 역시 도빈 군의 음악 활동을 위한 투자라고 생각합니다. 아이의 정서는 음악에 큰 영향을 미치니까요. 도빈 군을 위한 일이라 생각하시고 모쪼록 즐겨주셨으면 합니다."

히무라가 그렇게까지 말하니 그제야 부부가 고개를 숙여 인사를 했다.

그간 형편이 좋지 못하여 가족 여행다운 일 하나 없었던 것을 미안해했던 배영준, 유진희 부부로서는 고마운 일이었다.

"고맙습니다."

히무라가 싱긋 웃곤 하던 이야기를 마저 풀기 시작했다.

"삼 일째부터는 엑스톤 소속의 연주자들이 녹음을 합니다. 그곳에 방문하여 작업이 어떻게 이루어지는지 보여드릴 예정입니다."

"벌써 녹음을 하나요?"

"네. 이번 겨울에 도빈 군의 '부활'을 싱글 앨범으로 제작, 본 앨범 출시 전 홍보용으로 사용할 예정입니다. 시장 반응을 보기에도 필요한 절차니까요. 마지막 날 인터뷰 역시 그것을 위한 준비고요."

"네……."

"너무 걱정하실 필요 없습니다. 도빈 군의 재능은 여태껏 본

적 없는 수준입니다. 개인적으로는 이미 완성되었다고 생각합니다."

배영준이 한숨을 내쉬었다.

"그런 말씀을 해주시니 듣기엔 좋지만, 저는 도빈이에게 부담이 되진 않을까 걱정입니다. 어려서부터 다른 것엔 조금도 관심이 없고 음악에만 몰두하니."

"장담합니다. 도빈 군은 아시아를, 아니, 인류를 놀라게 할 것입니다."

"하하……."

히무라의 걱정과 달리.

배영준, 유진희 부부가 걱정하는 것은 오로지 하나였다.

어린 아들이 주변의 기대 속에서 압박을 받아 또래와 다른 삶을 살까 봐. 그리하여 즐길 수 있는 행복을 놓칠 것이 두려운 것이었다.

한때 촉망받던 화가였던 유진희였기에 그 부담감을 누구보다도 잘 알고 있었다.

그러나 부부의 걱정을 배도빈의 재능에 매료된 히무라가 알 길은 없었다.

뭔가 익숙한 느낌의 장소다.

건축 양식이 내가 살던 그때의 독일과 비슷한 느낌의 방에서 깨어났는데, 어머니께선 이곳이 일본이라고 하셨다.

"어때? 엄청 근사하지?"

어머니의 질문에 고개를 끄덕였다.

도대체 잠든 사이에 무슨 일이 있었는지는 모르겠다만 일본이란 곳은 꽤 향수를 불러일으키는 장소였다.

"응?"

그러나 숙소에서 나와 보니 서울과 다를 바가 없었다.

뭔가 꿈을 꾸는 듯한 기분 속에서 나는 처음으로 아버지, 어머니와 함께 이상한 곳으로 외출을 하였다.

정말 신기하게 생긴 건축물이 가득한, 마치 야코프 그림, 빌헬름 그림 두 형제의 이야기에서 나올 것만 같은 장소에 매료되어 일본이란 나라가 대체 어떤 곳인지에 대해 혼란이 오기 시작했다.

"엄마! 저거 보세요!"

동화와만 같은 풍경에 놀라 어머니의 손을 끌어당기며 외쳤다.

두 분은 행복해 보이셨다.

♪

이틀간 생전 처음 먹어보는 음식, 처음 보는 광경에 홀려 나름 즐겁게 보냈다.

'사시미'라는 것은 비위가 상해서 잘 못 먹었지만 카레라이스라는 스튜를 얹은 밥은 어마어마하게 맛이었다.

어머니께서도 할 줄 아신다고 하셨는데, 이 완벽한 음식을 그간 왜 안 해주셨는지 모를 일이다.

혹시 비싼 음식인데 해달라고 부탁드리면 가난한 어머니의 가슴에 못을 박는 일이니 더 이상 말하진 않았다.

아무튼.

호화로운 음식과 신비한 구경거리도 지금 이 순간보다 들뜨게 하진 못했다.

"안녕하세요."

"어머, 네가 도빈 군이구나? 반가워."

"인사드립니다. 엑스톤의 연주진입니다."

아직 추운 겨울, 독일에서 죽어갈 때의 심정과 다시 태어난 날의 환희를 표현한 'Auferstehung(부활)'.

프로 연주자들이 연주한다니 직접 연주하지는 못해도 썩 기대되었다.

연주자들의 첫인상은 각양각색이다.

얌전해 보이는 피아니스트, 조금 소란스러운 첼리스트 그리고 신사로 보이는 바이올리니스트.

한국말도 들렸고, 일본의 말인 것처럼 들리는 말도 들렸다.

첼리스트가 누구보다도 먼저 내게 다가와 손을 잡고 악수를 했다.

성격은 방정맞으나, 나는 그녀의 손을 잡은 뒤 내심 고개를 끄덕일 수밖에 없었다.

그녀의 오른손은 기형적으로 휘어 있었고 왼손 손가락 끝은 굳은살이 잔뜩 박혀 있었다.

무엇보다.

'저건 설마.'

그녀 뒤로 보이는 비올론첼로가 눈에 띄었다.

"스트라디바리우스!"

"어머. 알아보니?"

알아보다마다.

뒤포르(Duport).

나와 동시대를 살았던 장 피에르 뒤포르(Jean Pierre Duport)가 썼던 스트라디바리의 역작이다. 그 교양 없고 살만 뒤룩뒤룩하게 찐 빌어먹을 독재자 놈이 남겼다는 흠집도 그대로 남아 있었다.

"어떻게? 어떻게?"

"이 누나가 이렇게 보여도 엄청 잘 나가거든. 대여받은 거야."

손을 보아 보통 이상의 노력가라곤 생각했지만 이만한 악기의 주인으로 인정받았다는 말이니 새삼 이 정신 사나운 여자가 다시 보였다.

내가 그녀와 뒤포르를 번갈아 가면서 보자 그녀가 싱긋 웃더니 첼로 앞에 자세를 잡았다.

그러곤 바흐의 첼로곡을 연주하기 시작했다.

비록 저 때만 해도, 아니, 내가 활동했던 시기만 해도 첼로에 대한 연구가 깊이 이루어지지 않았기에 기교가 있는 곡은 아니었다만.

바흐 특유의 절제미가 돋보인다.

'잘해.'

더군다나 저 첼리스트가 자아내는 감미로움.

그녀는 내 기준으로 평가했을 때도 천재라 하기에 충분했다. 음을 표현하는 기교는 물론, 그녀에게선 알 수 없는 카리스마가 느껴졌다.

마치 다른 사람이 된 듯한 모습에 잠시 혼을 빼앗겨 버렸다.

그녀의 짧은 연주가 끝나고.

"난 배도빈. 누나 이름은?"

존중할 만한 천재에게 내 이름을 밝혔다.

"이승희야."

이 사람은 반드시 기억하고 있어야겠다.

"이승희 씨는 베를린 필하모닉의 수석 첼리스트야. 혹시 들어봤니?"

베를린 필하모닉(Berliner Philharmoniker)이라.

혹시나 베를린을 연고지로 한 곳인가 싶어 반가운 마음이 들었다. 어떤 악단인지는 모르나 그 이름만으로도 정감이 간다.

더군다나 이만한 연주자가 있는 곳이라면 더더욱 믿음이 갈 정도.

이승희의 연주를 들어보니 '부활'을 제대로 들을 수 있다는 생각에 두근댄다.

"자, 그럼 간단히 시작해 보도록 하지요."

저마다 악기를 조율하였고 준비를 마친 연주자들이 서로에게 눈신호를 보낸 뒤, '부활'이 연주되기 시작했다.

'······음?'

그런데.

기대했던 것과는 다르게 뭔가 이상하다.

첼리스트 이승희가 자아내는 음률은 내가 상상한 그대로였다.

첼로의 음역 폭은 여러 악기 중에서도 넓은 편에 속하는데, '부활'을 쓸 때 나는 중요한 감정 표현을 첼로로 표현하려 했다.

바로크 이전만 해도 첼로 연주 기술은 형편없는 수준이었다.

그러나 나는 첼로의 무한한 가능성을 믿었기에 여러 가능성을 시험해 보았고 현재에 이르러, 내가 죽은 뒤에 발전한 첼로곡을 들으며 확신할 수 있었다.

역시 내 생각은 틀리지 않았다고.

첼로의 음색을 너무도 사랑했기에 관련한 곡을 여럿 만들었는데, 과연 이후의 음악을 들으니 영감이 떠올랐던 것이다.

하여 피아노 3중주곡인 '부활'은 피아노로 멜로디를 이끌고 첼로의 웅장하면서도 부드러운 음색을 강조하자고 마음먹었다.

사실 피아노와 첼로 말고도 바이올린에 대해서도 고려하지 않은 것은 아니지만.

예전에 한 번 피아노와 바이올린, 첼로를 위한 3중 협주곡을 쓴 적이 있었는데, 썩 마음에 들지 않았던 기억이 떠올랐기에 이번에는 욕심을 덜어내고 피아노와 첼로를 이용한 협주곡을 써 내렸다.

그것이 '부활'.

그런데 정작 첼로와 조화를 이뤄야 할 피아노가 말썽이었다.

"아저씨, 잠깐만요."

연주 중단을 요청하자, 프로듀서가 무엇인가를 누르고 '녹음실'이라는 곳에 있는 사람들에게 말을 전달했다.

프로듀서 히무라가 나를 이끌고 녹음실로 들어갔다.

"도빈 군이 할 말이 있나 봅니다."

시선이 집중되었고, 나는 얌전하게 생긴 여성 피아니스트에게 다가갔다.

그녀는 조금 당황한 눈치였는데 그래도 싱긋 웃으며 내게 물었다.

"무슨 일이니?"

히무라가 통역을 해준 덕분에 대화는 더디지만 진행될 수 있었다.

"손 좀 보여주세요."

"손?"

고개를 끄덕이자 그녀가 내 앞에 손을 펼쳐보였다.

육안으로 봐서는 알 수 없지만, 나는 그녀의 오른손을 두 손으로 잡고 안쪽으로 밀어, 구부려보았다.

"아얏."

역시나.

"아키 씨?"

히무라 프로듀서와 이승희 그리고 중년 바이올리니스트가 놀라서 다가왔다.

"무슨 일입니까?"

"이 누나 손목 아픈가 봐요."

내 말을 들은 히무라와 이승희가 놀라 '아키'라는 피아니스트를 보며 물었다.

"정말입니까?"

"……네. 죄송합니다."

다쳐도 그냥 다친 게 아닌 듯했다.

이 작은 몸이 살짝 힘을 주었을 뿐인데 고통을 호소하니 말이다.

기본적으로 부활은 상당한 분량에 반해 연주 시간 자체는 평범한 수준이었다. 그만큼 연주 속도를 빠르게 정해두었는데 격정적인 음 변화를 주면서 혼란했던 시기를 표현하기 위함이었다.

그리고 '아키'라는 여자는 연주가 진행될수록 조금씩 그 속도에 못 미치고 있었다.

"어떻게 된 일입니까?"

"실은 어제저녁에 샤워하다 그만……."

"감춰서 될 일이 아니지 않습니까. 병원은 다녀오셨습니까?"

"……네. 진통제를 맞고 왔어요. ……죄송합니다."

"후우. 알겠습니다. 녹음 일정은 다시 잡도록 하겠습니다. 아키 씨는 잠시 이야기 좀 나눴으면 합니다."

프로듀서와 아키라는 여자가 녹음실에서 나갔고 나는 근사한 피아노를 구경하며 입맛을 다셨다.

'제대로 치려면 얼마나 기다려야 하지.'

볼수록 괜찮은 물건이라 나는 더욱 애가 타기 시작했다.

몸이 어느 정도 자라고 손에 힘이 붙기까지 시간이 필요할 텐데 그 시간을 기다리기가 참 어렵다.

아쉬움을 달래고자, 의자 위로 기어 올라갔다.

'음.'

역시 건반까지 너무 멀다.

"누나."

"응? 나?"

프로듀서와 피아니스트가 나간 곳을 걱정스레 보고 있던 이승희가 손가락으로 자신을 가리키며 되물었다.

나이가 많은 여성을 지칭하는 단어는 '누나'일 텐데 굳이 되묻는 걸 보니 아무 생각이 없었던 듯하다.

"네. 의자 좀 당겨주세요."

"아하하. 그래. 그래."

건반이 눈앞에 왔다.

의자가 아키라는 사람에게 맞춰져 있다 보니 매우 불편한 자세가 될 수밖에 없었다.

"누나, 이거."

"너 정말 뭐 좀 아는 애구나? 그래. 누나가 조절해 줄게. 잠깐 내려와 봐."

이승희는 의자의 높이를 조절해 주고 나를 들어다 앉혀주니 그제야 피아노 건반을 제 위치에서 내려다볼 수 있었다.

'여전히 불편하긴 해도.'

손가락을 가져다 눌렀다.

딩-

이 어찌 감격하지 아니할 수 있을까.

어색하게나마 아쉬움을 달래기 위해 손을 놀리고 있을 때 이승희가 내게 슬며시 말을 걸었다.

"도빈아."

"네."

"아키 씨 손목 다친 건 어떻게 알았어?"

"자세가 이상했으니까."

"자세?"

고개를 끄덕인 뒤 답했다.

"손목이 너무 내려가 있었어요."

"그렇지?"

이승희가 계속 설명을 바라는 듯하여 말을 계속하려는데, 역시나 이번에도 어휘력이 부족했다.

'처음엔 곧잘 연주했는데 자세가 이상하고 갈수록 박자를 못 맞추니 아파서 그랬나 싶었지'라는 말을 어떻게 전달하면 좋을까 싶다가 악보의 한 지점을 가리켰다.

메트로놈을 표시한 곳.

"박자를 못 맞췄어?"

이승희가 다시 물었다.

그만한 연주 실력을 갖추고도 정말 몰라서 묻는 건가 싶어 올려다보니 그녀가 씩 하고 웃어 보였다.

뭔가 싫지 않은 사람이다.

고개를 끄덕이니 다시 한번 묻는다.

"어디서부터? 어디서부터 느려졌어?"

"여기."

아직 피아노 위에 펼쳐져 있는 악보의 지점을 가리켰다.

연주 속도가 빨라지기 시작하는 부분이었다.

"도빈이 귀 엄청 좋구나? 아니, 박자 감각이 좋다고 해야 하나?"

"다 좋아요."

당연한 말이지만, 기특하게도 이 몸의 위대함을 알아보는 이승희가 기특해 보인다. 역시 내가 인정한 연주자다.

"세상에."

이승희가 옆에 있던 중년 남성을 돌아보며 일본의 말을 해 댔다.

"사부로 씨, 들으셨어요? 아니, 못 들으셨겠지. 도빈이랑 방금 이야기했는데……"

조금 수다스럽게 말하는 이승희와 그것을 심각하게 듣고 놀라는 바이올리니스트.

무슨 말을 하는지 알 길이 없다.

"믿을 수 없군."

"그렇죠? 저도 조금씩 느려지는 것 같다고 생각했는데. 긴가 민가했거든요. 그 미세한 차이를 바로 지적하다니. 애는 정말 천재예요."

만족스럽게 칠 수도 없는 피아노를 건드는 것도 슬슬 지쳐 가고, 배가 고파지는데 프로듀서는 언제쯤 돌아올까.

딩- 동- 딩- 동-

몇 번 더 건반을 눌러본 뒤 이승희에게 의자에서 내려달라 고 말했다.

이승희가 나를 번쩍 들어 씩 하고 웃기에.

화난 표정을 지었더니 귀엽다면서 볼을 비벼댔다.

"정말 죄송합니다."

잠시 후 돌아온 프로듀서가 내게 고개를 숙이고 사과를 했다.

그에게 나는 4살 먹은 아이일 뿐인데, 이렇게까지 사과하는 것을 보니 다시금 신뢰가 생겼다.

"괜찮아요."

프로듀서는 고개를 들었고 상황을 설명해 주었다.

"아무래도 다른 연주자를 찾아야 할 것 같아, 도빈아. 많이 기대했을 텐데 미안해."

"네."

그의 태도가 진실된 만큼 나도 어느 정도의 아쉬움을 참아야 할 것 같았다.

아키라는 연주자가 무슨 생각으로 녹음을 하려 했는지는 알 수 없지만 이렇게 조치를 취한다면 문제없다.

대기실에 계셨던 부모님 역시 정황을 전해 들으시고는 고개를 끄덕이셨다.

"그럼 오늘은 숙소로 돌아가면 되나요?"

"네. 모쪼록 원하시는 대로."

"도빈이는 어떻게 하고 싶어?"

어머니께서 나를 보며 물어보시기에 나는 일본에 오기 전, 프로듀서가 한 말을 떠올렸다.

"인터뷰란 거 하면 안 돼요?"

"아."

잠시 생각에 빠진 프로듀서는 '핸드폰'이라는 신기한 물건을 꺼냈고 몇 마디 이야기를 나누었다.

떨어져 있는 사람과 대화할 수 있다니. 정말 못 하는 일이 없는 세상인 듯하다.

"시간이 된다네. 30분만 기다리면 온다니까 그럼 여기서 기다릴까?"

"네."

인터뷰를 하면 돈을 많이 번다고 하니까 기왕 일본에 온 김에 여러 번 해야겠다고 마음먹었다.

다시는 그 비행기라는 것에 타고 싶지 않으니까.

잠시 뒤.

20분 정도가 흐르고, 웬 젊은 여성이 나타났다.

"안녕하세요, 아사히 신문 연예부의 이시하라 린이라고 합니다."

인터뷰를 하는 사람으로 보였는데, 그녀가 부모님께 공손히 인사를 드리며 종이를 건넸다. 아무래도 명함인 듯하다.

인터뷰는 통역과 부연을 위해 나와 통역사, 프로듀서, 방금 도착한 나카무라 그리고 '린'이라는 사람이 하게 되었다.

"안녕, 도빈 군. 반가워."

인터뷰를 하기 전에 그녀가 내게 악수를 청했고 손을 마주 잡자 그녀가 주머니에서 사탕을 꺼내주었다.

돈도 많이 벌게 해주고 사탕까지 주다니.

착한 사람이다.

"그럼 시작할게. 편하게 대답하면 되니까 긴장하지 않아도 돼."

긴장을 왜 할 거라 생각하는지 알 수 없었지만 그러려니 하고 넘어갔다.

이시하라 린은 탁상 위에 뭔가를 올려놓고 펜과 종이를 준비했다.

"3살 천재라고 들었는데, 음악은 어떻게 시작하게 되었니?"

린의 말을 통역사가 전달해 주었다.

"4살인데?"

"어? 여기엔 분명."

"하하. 한국 나이로는 4살입니다. 도빈아, 일본에서는 도빈이가 아직 3살이란다."

나카무라 매니저가 해주는 말을 듣곤 고개를 끄덕였다.

대한민국에서 나이를 세는 법이 신기하다고 생각했는데, 일본은 독일과 같은 모양이다.

"그럼 다시. 음악은 어떻게 시작하게 되었니?"

돈에 환장한 주정뱅이 때문에 시작했다고 말하려다가 이내 생각을 접었다.

지금 아버지의 일로 오해할 수 있기 때문이고, 굳이 내가 다시 태어났다는 것을 밝힐 필요는 없을 듯하다.

'그전에 미친놈 취급을 받겠지.'

"하하. 도빈아, 너무 긴장하지 않아도 된단다."

나카무라가 나를 다독였다.

긴장이라곤 눈곱만큼도 안 하는데 왜 자꾸 긴장을 풀라고 하는지 알 수 없다.

"어릴 때부터 들었어요. 좋아요."

"어릴 때?"

린이라는 여자가 나를 훑어보는 듯했다.

"애기 때."

대답을 정정했다.

"······이건 넘어가고. 이번 겨울에 싱글 앨범이 나온다고 하던데, 어떻게 생각해?"

"좋아요."

"······."

린이란 여자가 갑자기 얼어붙은 듯했다.

"큭큭큭큭."

나카무라와 히무라(프로듀서)가 소리 죽여 웃었고, 이시하라 린은 내게 다시 한번 물었다. 돈을 많이 벌게 해주는 사람이라더니, 나카무라의 말과는 달리 능숙한 사람은 아닌 듯하다.

"그래? 역시 좋지? 어떻게 좋아?"

"많이 좋아요."

도대체 이 여자가 지금 무슨 말을 듣고 싶은 건지 알 수 없는 노릇이다.

그러나 뭔가 듣고 싶은 이야기가 있는지 또 한 번 물었다.

"왜 좋은지 말해줄 수 있니?"

"돈 많이 버니까 좋아요."

"······."

"······."

순간 내가 못할 말이라도 했는지 조금씩 웃던 나카무라와 히무라의 웃음소리가 멈췄다.

조금씩 난감하다는 표정을 지었던 린 역시 아무 말도 하지 못했다.

'왜들 이래?'

"도, 도빈이는 돈이 좋니? 왜?"

"배우고 싶으니까."

"응?"

"세상에는 멋진 음악이 너무나 많아요. 쇼팽, 드보르자크, 드뷔시, 쇼스타코비치, 라흐마니노프. 알고 싶은 사람이, 곡이 너무 많아요."

린이란 여자가 눈을 동그랗게 뜨고 물었다.

"음악을 더 배우고 싶구나? 그거랑 돈이 무슨 상관이 있는지 알려줄 수 있니?"

"우리 집 가난하니까요."

"……."

또다시 정적.

도대체가 무슨 말을 못 하겠다.

돈이 왜 좋은지 물었으니 거기에 대한 남은 답만 더 하고 카레나 먹으러 가야겠다.

"아버지, 어머니 좋아요. 돈 많이 벌어서 집 사드릴 거예요.

음악도 배울 거예요."

"……어쩜."

이시하라 린과 통역을 하는 여자가 갑자기 눈물을 글썽였기에 나는 짐짓 놀랐다.

"이렇게 어린아이가 어떻게 이런……."

울먹이면서 일본말로 뭐라 뭐라 하는데 도통 이해할 수가 없다.

'이상한 처자들일세.'

"매니저 아저씨, 나 갈래요. 카레 먹고 싶어요."

나카무라의 소매를 잡아당기자, 얼씨구.

그 역시 눈물을 훔쳤다.

'대체 뭐야?'

일본에서 돌아와서 두 번째 곡을 쓰고 있자니 겨울이 왔다. 날은 점점 더 추워졌고 어머니와 가끔 산책을 나가면 거리마다 신기한 불빛이 반짝였다.

"엄마, 저게 뭐예요?"

"크리스마스가 다가와서 달아났나 봐. 예쁘네. 그치?"

아아, 벌써 성탄절이 다가온 모양이다.

종교에 관심은 없다만 슈톨렌(독일 전통 빵)은 제법 좋아했기에 슈가 파우더를 잔뜩 뿌린 그것이 생각났다.

며칠 뒤.

히무라 프로듀서가 최종 녹음본을 가져와 들려주었고, 나는 고개를 끄덕였다.

비행기를 타고 일본에 가는 게 몹시 꺼려졌기에 히무라가 몇 번 수고해 주면서 수정한 'Auferstehung(부활)'이 마침내 내 마음에 쏙 들게 연주된 것이다.

"좋아. 다행히 크리스마스이브 전에는 맞출 수 있겠어. 수고했다, 도빈아."

"뭘요. 고마워요."

돈 이야기를 물어보고 싶었지만, 내가 돈에 관한 이야기를 할 때마다 사람들이 자꾸 울먹이면서 귀찮게 굴기에 '싱글 앨범'이라는 것이 팔리기 시작하면 그때 가서 물어봐야겠다고 생각했다.

나카무라와 히무라는 엑스톤 사무실에서 초조하게 소식을 기다리고 있었다.

슬슬 도착할 때가 되었다는 생각을 할 때, 엑스톤의 직원이 사무실로 들어왔다.

"나카무라 씨, 히무라 씨. 부활 첫날 집계 완료되었습니다."

배도빈의 전담 매니저인 나카무라가 자리에서 일어났다.

"그래. 어떤가."

"2,400장입니다."

"으음."

나카무라와 히무라 그리고 엑스톤의 전 직원이 기대했던 수치와 전혀 다른 판매량이었다.

아직 판단을 하기엔 이르긴 해도 배도빈의 천재적인 예술성이 담긴 '부활'의 가치를 생각해 보면 아쉬울 수밖에 없었다.

"뭔가 상황을 반전시킬 것이 필요한데."

세계적인 첼리스트인 이승희를 초빙하면서까지 '부활'에 투자했던 엑스톤으로서는 걱정이 생길 수밖에 없었다.

'역시 홍보는 이승희를 내세웠어야 했나…….'

많은 반대에도 배도빈을 메인으로 내세웠던 나카무라는 후회 아닌 후회를 하게 되었다.

어찌 되었든 음반이 잘 팔리면 배도빈 역시 인정을 받게 될 터.

그러나 그의 촉이 그래선 안 된다고 했기에 신념대로 일을 추진했던 그로서는 특히 책임감을 느낄 수밖에 없었다.

"너무 걱정하지 말게. 어차피 신인이야 첫날 집계가 의미 없지 않은가."

그나마 직접 작업에 참여했던 히무라 쇼우는 '부활'에 대한 확신이 있었기에 낙관적인 이야기를 했다.

그리고 그의 말대로 크리스마스가 다가오면서 누적 집계량은 점차 오르기 시작했다.

삼 일째 5,000장을 돌파하여.

일주일이 지났을 무렵에는 1만 장에 도달했던 것이다.

그리고 크리스마스이브를 3일 앞둔 날.

아사히 신문 연예란에 하나의 칼럼기사가 올라왔다.

연예부, 특히 클래식계의 정보를 전문적으로 다루는 이시하라 린의 기사였다.

그녀의 글은 차분한 문장으로 시작되었다.

11월 어느 이른 오후.

걸려온 전화를 받고 하루 일찍 약속장소로 향했다.

이번 인터뷰 대상은 3살 아이. 한국에서 온 귀여운 소년이었다.

소년은 크고 맑은 눈으로 나를 올곧게 보았다.

티끌조차 없는 그 청명한 목소리로 질문에 답하던 소년은, 결국 내게 눈물을 흘리게 하였다.

가감없이 전하기 위해 당시의 대화를 첨부한다.

Q. 음악은 어떻게 시작했나.

A. 엄마가 어렸을 때부터 들려줬어요. 음악 좋아해요. 많이 좋아해요.

Q. 곧 싱글 앨범이 제작된다고 들었다. 기분이 어떤가.

A. 돈을 벌 수 있다니 다행이에요.

Q. 무슨 뜻인가. 돈을 좋아하나.

A. 네. 좋아해요. 우리 집은 가난하니까, 음악을 더 배우려면 돈이 필요해요. 알고 싶은 음악이 너무 많아요. 그리고 엄마가 큰엄마한테 혼나는 것도 싫어요.

나는 더 이상 인터뷰를 진행할 수 없었다.

통역을 하던 유키 씨도, 나도 3살 먹은 아이의 입에서 나온 말을 듣곤 감정을 추스를 수 없었다.

소년이 떠난 뒤, 나는 그가 만들었다는 '부활'이란 곡의 샘플 연주를 들을 수 있었다.

아직 여운이 남았던 탓일까.

어떻게 그 어린아이가 이렇게 격정적인 음으로 절망 속의 고뇌를 표현할 수 있는지 이해할 수 없었다.

소년의 불우함 때문일까?

그 때문에 이런 곡을 지을 수 있었을까?

그렇다면 하늘은 한 명의 천재를 탄생시키기 위해 어린아이가 감당할 수 없는, 너무도 큰 시련을 내린 것이다.

나는 오는 크리스마스, 예수의 탄생을 축복하며.

나의 소중한 이에게 다시 태어나고 싶을 정도로 격렬한 감정을 표현한 배도빈 군의 '부활'을 선물할 것이다.

해당 칼럼 기사는 인쇄 매체 및 온라인 기사를 통해 널리 퍼져나갔다.

일본은 다양한 계층에서 각기 다른 반응을 보였다.

  ㄴ가식적인 기사. 읽을 가치가 없는 신파극.

  ㄴ너 이분 모르냐? 이시하라 린 클래식 관련한 기사는 전문가급으로 알려진 사람임. 그런 사람이 뭐가 아쉬워서 거짓말을 하냐? 자기 이름값 떨어지게.

  ㄴwww아무 것도 모르는 히키코모리가 또www

  ㄴ나 이거 들어본 적 있음. 우리 교회 목사님이 틀어줬는데 나랑 우리 교회 다니는 사람들 다들 울컥했음.

  ㄴ거짓말하지 마.

  ㄴ위에 댓글 단 사람 말에 동의. 3살 먹은 애가 만든 곡이 퍽이나 그러겠다.

  ㄴ어? 이거 그거 아니냐? 니코동에 올라왔던?

  ㄴ그렇게 말하면 누가 알아 듣냐, 바보야.

  ㄴ링크 올림. http://www.nicoxxxx.jp/ybean

  ㄴ아니잖아, 멍청아. 어떻게 저거랑 부활이랑 똑같냐?

└와, 근데 이거 음원으로 미리듣기 하다가 바로 질러버림. 미쳤다.
이건 '진짜'야.

온라인 게시판에는 의견이 분분했다.

'인기를 끌기 위한 자작극이다', '거짓이다'라는 의견과 함께
곡 자체에 매료되었단 반응도 다수 올라왔다.

반면, 일반인을 대상으로 할 때는 동정론이 지배적이었다.

엑스톤과 사업적 제휴를 맺고 있는 아사히 신문은 음반 판
매점 앞에서 배도빈의 '부활'을 사는 사람을 대상으로 인터뷰
를 시도했었다.

"아, 저도 봤어요. 3살 아이가 부모를 생각하는 게 마음이
너무 아프더라고요. 기특하기도 하지."

34세 주부.

"인터넷에서 사서 들었는데 너무 좋아서 소장용으로 하나
사려고 나왔어요."

22세 음대생.

"눈물 났어요. 응원하고 싶어서 사러 왔어요."

17세 고등학생.

"배도빈 군의 내면엔 천사와 악마가 함께 있는 것 같아요.
그 천사 같은 마음씨를 가진 아이가 이처럼 격정적인 음악을
만들다니."

27세 무직.

이시하라 린은 마지막 인터뷰 내용은 빼고 다시 한번 추가 기사를 등재했다. 그러는 과정에서 배도빈의 첫 싱글 앨범 '부활'의 판매량은 점차 오르고 있었다.

그리고 마침내 크리스마스이브.

SNS에 전설적인 음악가, 사카모토 료이치가 배도빈의 '부활'에 대한 짤막한 코멘트를 남겼다.[5]

그의 음악은 이미 완성되어 있다.

나는 오늘 역사적인 천재의 첫 앨범을 들을 수 있어 행복하다.

단언컨대 '부활'은 아기 예수가 인류에게 주기 위해 가져온 선물일 것이다.

크리스마스 당일까지 사카모토 료이치의 트윗은 8만 번 이상 리트윗 되었고.

2009년의 마지막 날.

"나카무라 씨! 집계 결과 나왔습니다!"

엑스톤의 직원이 헐레벌떡 사무실로 뛰쳐 들어왔다.

....

5) 부록-사카모토 류이치에 대해

그는 손에 잔뜩 구겨진 서류를 들고 있었고, 나카무라와 히무라가 동시에 일어나자.

그것을 두 사람 앞에 들이밀었다.

"5만 장! 5만 장입니다!"

직원은 흥분을 감추지 못하고 외쳤다.

"추가 생산량까지 모두 팔렸습니다. 물량 독촉 전화가 계속 오고 있다고요!"

"좋았어!"

나카무라와 히무라가 동시에 주먹을 불끈 쥐었다.

2009년.

과거와 달리 일본의 음반 판매량은 매우 줄어든 상태였다.

대중음악의 경우에는 싱글 앨범이 10만 장 단위로도 팔렸으나 클래식 음반은 고전을 면하지 못하고 있었다.

그나마도 대부분 온라인 판매가 매출의 대부분이었기에 과거 일본의 클래식 전성기를 이끌었던 엑스톤으로서도 CD음반 제작 규모를 축소하고 있던 상태였다.

현 엑스톤을 이끄는 나카무라와 히무라로서는 책임감을 느낄 수밖에 없었고 그러한 상황을 뒤집기 위해 준비한 것이 바로 '배도빈'이었다.

그런데 실 물량이 5만 장이나 팔렸다니.

기적에 가까운, 아니, 기적이었다.

아직 판매된 지 보름밖에 되지 않았다는 사실이 더욱 고무적인 일이었다.

'사카모토 선생께는 감사 인사라도 전해야겠어.'

나카무라 매니저는 진심으로 그에게 감사했다.

한편 히무라 프로듀서는 이 기쁜 사실을 당장 한국에서 지금도 열심히 작업하고 있을 배도빈에게 전하고 싶어 급히 핸드폰을 들었다.

통화음이 몇 번 가고, 배도빈의 부친 배영준이 전화를 받았다.

"아버님, 안녕하십니까. 히무라입니다. 실례지만 도빈 군 좀 바꿔주시겠습니까?"

-아, 네. 잠시만요.

잠시 후, 너무도 사랑스러운 목소리가 전해졌다.

엑스톤에 온 보물 같은 아이, 배도빈이었다.

-여보세요.

"도빈아, 판매량이 나왔단다! 5만 장이야! 추가로 더 만들고, 온라인 집계는 포함하지 않았으니……."

흥분하여 이리저리 말하던 히무라는 순간 배도빈이 이 말을 이해할까 싶어서 말을 바꾸었다.

"부활이 엄청 많이 팔렸어!"

-정말요?

"그래! 모레 한국으로 갈 테니 다음 곡 준비 서두르도록 하자."

-돈은 얼마나 벌었어요?

"……어?"

-돈! 돈!

"어, 어! 많이! 많이 벌었단다!"

-정말요? 고맙습니다!

뚜뚜뚜-

전화가 끊어지고 히무라는 핸드폰을 슬며시 내렸다. 그의 눈이 뭔가 복잡해 보였지만 잔뜩 흥분한 나카무라에겐 보이지 않았다.

"뭐래? 도빈 군도 좋아하지?"

나카무라 매니저의 질문에 히무라는.

"그러게. 많이 좋아하는 거 같네."

멋쩍게 웃으며 대답했다.

5살, 현대의 천재를 만나다

다시 태어나고 쓴 두 번째 곡, 'Hochgefühl(넘치는 기쁨)'을 다듬는 중이었다.

곡의 구성은 마음에 드는 반면 마무리를 어떻게 지어야 할지에 대한 고민이 계속되었다.

아무래도 새로운 시도를 해보고 싶은데 좀처럼 좋은 생각이 떠오르지 않았던 탓에 바닥에 엎드려 악보를 보고 있는데, 어머니께서 부르셨다.

"도빈아."

"네, 엄마."

고개를 들어 어머니를 보니 무엇인가 들고 계셨다. 공책인 듯하다.

새 오선지인가 싶어 일어나 두 손을 내밀었다.

마침 지금 쓰고 있는 것이 몇 장 남지 않았는데 역시 어머니시다.

"감사합니다."

두 손으로 공손히 오선지를 받았다.

'음?'

어머니께서 주신 공책을 펼쳐 보니 오선지가 아니다. 오선대신 뭔가 글자가 적혀 있다. 아마도 대한민국의 문자인 듯하다.

"이게 뭐예요?"

"도빈이 곧 유치원 가야 하니까 오늘부터 엄마랑 가나다라 배우자?"

"가나다라?"

내가 눈을 깜빡이며 설명을 기다리자 어머니께서 웃으시면서 밥상을 펼치셨다.

"자, 여기 보이는 게 기역이야. 따라 써볼래?"

"……저 이거 할래요."

문자 공부야 당연히 해야겠지만 지금은 붙잡힐 듯 멀어져 가는 마무리 부분을 해결해야 할 때.

집중이 끊기면 좋지 않다.

더욱이 히무라로부터 전해 들은 일정 안에 남은 곡을 만들려면 한시가 급한 만큼, 우선순위가 아니다.

내가 악보를 가리키며 항의하자 어머니께서 상냥하게 말씀하셨다.

"도빈아, 음악도 좋지만 우리나라 말은 꼭 배워야 하잖니? 나중에 가사 같은 거 쓸 때 글씨 못 쓰면 큰일인데?"

굳이 가사를 안 써도 곡은 많이 만들 수 있다.

내가 고개를 휙휙 젓자 어머니께서는 조금 화가 났다는 표정을 짓고 일어나셨다. 조금은 어울려 드릴 것을 그랬나, 생각하던 차 어머니께서 장롱 위에서 무엇인가를 꺼내셨는데.

"자, 도빈이가 기역부터 히읗까지 쓸 수 있게 되면 이거 줄게."

어머니께서 보여주신 것은 다름 아닌 라흐마니노프의 악보였다. 표지에 '피아노 소나타 1번 D단조 Op.28'라고 적혀 있다.

"우와!"

어머니에게 달려들어 악보를 잡으려 했으나, 어머니께서 휙 하고 악보를 높게 드셨다.

'이건 무슨……'

"엄마, 주세요! 도빈이 악보 보고 싶어요!"

라흐마니노프라면 최근 내가 가장 좋아하는 사람이다.

그의 작품 중에서도 피아노 협주곡 2번과 3번은 크나큰 감동을 주었다. 그 굵은 감성과 여린 멜로디 그리고 그것을 아우르는 구성력은 나조차 인정할 수밖에 없었다.

소나타 형식을 띠는 1악장, 특히 분산화음 반주를 바탕으로

둔 주제 전개는 나를 황홀하게 할 지경이었다.

그다음으로 이어지는 주제 역시 라흐마니노프라는 남자의 천재성을 드러내는 서정성을 자랑했다.

하여 그런 그의 소나타라면 반드시 보고 싶으나.

"안 돼요. 기역 니은부터."

어머니는 오늘따라 유독 강경하셨다.

아쉽다. 너무나도 아쉽다.

그 천재의 악보를 앞에 두고도 보지 못하다니.

내 부족한 어휘력으로는 이 억울함을 표현하지도, 조리 있게 어머니를 설득시킬 수도 없다.

그렇게 분한 마음이 드니 나도 모르게 이 어린 몸이 움찔거렸다.

나조차 당황스러울 정도로 이 몸은 감정변화에 너무도 솔직하다.

내 나이가 몇인데 이런 일로 울 수는 없지.

어머니는 그런 내 모습을 보시고 잠시 당황한 듯했지만 확실히 나 역시 이제 '우리나라' 말을 익혀 이런 억울한 일을 줄여야겠다는 생각이 들었다.

앨범 일정을 맞추려면 작곡이 선행되어야 한다는 걸 애처럼 칭얼대지 않고 조리 있게 설명해야 할 테니까.

제멋대로 나온 눈물을 쓱쓱 닦은 다음에 어머니께서 주신 공책을 펼쳤다.

그리고 연하게 적혀 있는 문자들을 따라 쓰기 시작했다.

'이게 기역이라고 했나?'

연필을 쥐고 쓱쓱 기역부터 히읗까지 반복해 적기 시작했다.

어머니께서는 그런 내 옆에서 '알파벳'의 이름을 가르쳐 주셨다.

그렇게 잠시 뒤.

어머니가 보는 앞에서 빈 곳에 기역부터 히읗까지 적으며.

"기역, 니은, 디귿…… 히읗."

하나하나 이름을 외우자 어머니께서 나를 꼭 껴안으시며 감격의 눈물을 흘리셨다.

"우리 도빈이 너무 장하다. 엄마가 너무 서운하게 했지? 기특하다. 기특해. 엄마는 도빈이가 너무 좋아요."

엉덩이를 툭툭 쳐주시는 것도 잊지 않으셨다.

역시나 나를 생각해서 억지로 엄한 모습을 보이신 건데, 마음이 여린 어머니로서는 내가 상처를 받았을까 봐 마음고생을 하신 듯하다.

앞으로는 이런 걸 말씀하실 때 조율을 할 수 있도록 빨리 말을 배워야겠다.

띠링-

바로 그때.

그간 신경 쓰지 않던 '신의 장난'이 툭 하고 튀어나왔다.

무시하면 얌전히 있었는데 이런 경우는 처음이라 깜짝 놀라고 말았다.

[자음을 익히셨.]

'입 다물어.'

[…….]

고개를 휙휙 돌리자 '신의 장난'이 내 눈앞에서 사라졌다.

'고얀 놈.'

누군지는 몰라도 감히 나 루트비히 판 베트호펜을 평가하려드는 놈은 용서치 않을 것이다.

'왜 자꾸 보이는지 모르겠네.'

헛것이 자주 보이니 몸이라도 안 좋은 건가 싶다.

오늘도 어김없이 어머니가 내주신 'ㅏ, ㅑ, ㅓ, ㅕ' 숙제를 하고선 '넘치는 기쁨'에 대해 고민하는 중이다.

그러나 마땅히 좋은 생각이 떠오르지 않아, 크리스마스 선물로 받은 '멜로디언'이라는 것을 잡고 꾹꾹 눌러보았다.

입에 호스를 문 채 건반을 치는데.

아쉬운 마음에 그러곤 있는데 자꾸만 울컥울컥한다.

몸이 어려진 탓인지 시도 때도 없이 감정 변화가 생기는 것 같다.

저번 한글 공부를 시작했을 때도 그렇고 참으로 당황스러운데 어린아이가 왜 그렇게 울음이 많은지도 조금은 이해가 되었다.

말을 제대로 할 수 있다면 좋았을 것을.

자신의 마음을 제대로 전달하지 못하니 웃음이나 눈물 등으로 표현하는 것이다.

지금 같은 경우엔…… 몸이 작아 사이즈가 맞는 피아노가 없으니 문제지만.

아무튼.

피아노가 있었더라면, 피아노를 칠 수 있었더라면 '넘치는 기쁨'의 마지막을 좀 더 쉽게 마무리할 수 있을 것 같다는 아쉬움이 자꾸만 밀려들어 왔다.

"계속 저러고 있다고?"

"네……. 우리 도빈이 불쌍해서 어떡해요?"

퇴근하고 귀가한 배영준은 방 한쪽 구석에서 처량하게 멜로디언을 치고 있는 어린 아들을 보곤, 아내와 같이 안타까움을 느꼈다. 어렸을 적부터 음악을 너무도 좋아했던 배도빈이 피아노를 제대로 못 친다는 사실을 깨달은 뒤로 너무나 우울해했기에, 부부는 그나마 피아노와 비슷하고 어린 도빈이도 연주할 수 있는 것을 찾다가 멜로디언을 선물해 주었다.

두 사람으로서는 최선의 방법이었고, 또 아들이 멜로디언을 선물 받고 좋아하지 않을까 기대했건만.

반응은 신통치 않았다.

더군다나 그것을 치고 있는 모습이 더없이 처량해 보였다.

저 어린아이의 등이 마치 40대에 권고 퇴직당한 가장의 등처럼 보였다.

"……나카무라 씨가 도움이 필요하면 언제든 말하라 했어. 내가 전화 한번 해볼게. 혹시 도와줄 수 있는지 말이야."

"네. 그게 좋겠어요."

유진희는 쓸쓸하게 멜로디언을 불다가 이내 그것을 집어던지는 배도빈을 보면서 눈물을 훔쳤다.

♪

돌아온다고 약속했던 히무라 프로듀서가 왔다.

이틀 뒤에 온다고 해놓고 3일이나 늦은 것이다.

"도빈아, 아저씨 왔어."

"아저씨!"

기다리던 것이 왔다는 소식에 나는 벌떡 일어나 히무라에게 달려갔다.

히무라는 나를 보더니 양손을 활짝 벌렸는데, 그 앞에 멈춰 서서 물었다.

"돈은? 돈은요?"

"······어?"

"돈 가지고 왔어요?"

무슨 일인지 히무라가 엄청 서운하다는 표정을 지었다.

그럼 돈을 기다리고 있지. 뭘 하고 있겠어.

나로서는 하루라도 빨리 이 집에서 나가고 싶으니 당연한 일인데, 히무라가 내게 뭘 바라는지 모를 일이다.

"도빈아, 아저씨 봤으면 인사부터 해야지."

어머니께서 나를 야단치셨고 어쩔 수 없이 우리나라의 예절대로 고개를 숙이곤 인사를 했다.

"하하하. 어머니, 괜찮습니다. 도빈아, 돈은 1년에 네 번 나누어서 도빈이 통장에 들어갈 거야. 너무 걱정하지 마렴."

충격이다.

당장 주는 것이 아니라니!

이 무슨 불합리한 일이란 말인가!

그러나 어머니께서 나중에 설명해 주겠다고 하시는 바람에 넘어갈 수밖에 없었다.

어린 것은 정말 억울한 일만 가득하다. 아이라면서 이해 못할 거라고 미리 단정하고 말해주지 않는 일이 너무 많아 그때마다 답답했다.

"대신 오늘은 도빈이에게 줄 선물이 있는데. 궁금하지 않니?"

관심 없다. 돈이 최고다.

돈이 있어야 집이든 학교든 선생이든 악기든 구할 수 있으니까.

큰어머니가 자꾸만 어머니를 구박하는 것도 탐탁지 않고 말이다.

내가 별 반응을 보이지 않자 히무라 프로듀서는 웃으면서 눈이 번쩍 뜨일 만한 말을 했다.

"어린이용 피아노를 사 왔단다. 그거라면 도빈이도 칠 수 있어."

세상에.

"정말요?"

이건 확실히 반가운 일이었다.

"그럼!"

역시 히무라! 믿을 만한 친구다!

나는 그의 등 뒤를 살폈고, 그는 웃으며 곧 문밖에서 커다란 상자 하나를 들곤 집 안으로 들어섰다.

"빨리! 빨리!"

어머니께서 칼을 가져오셨고 히무라가 박스를 뜯어 방 안에 '어린이용 피아노'라는 것을 꺼내기 시작했다.

세상에나.

역시나!

세상은 이렇게나 멋지게 발전해 왔던 것인가!

손이 작아도! 팔이 짧아도! 허리가 짧아도! 다리가 짧아도! 칠 수 있는 피아노가 있다니!

"우와! ……?"

[37건반의 전자 피아노! 다채로운 연주와 놀이가 가능합니다! 생후 36개월]

"……."

이 빌어먹을 장난감은 또 뭐란 말인가.

플라스틱이라는 희한한 걸로 만들어진 것 같은 유사 피아노에 나는 기어코 폭발하고 말았다.

"히무라! 멍청이!! 바보!"

나를, 이 나를 두 번이나 절망에 빠지게 하다니! 네가 정녕 이러고도 무사할 성 싶으냐! 당장 꺼져라!

하고 싶은 말을 아는 단어로만 표현하니 눈물이 주륵 흐르고 말았다.

이 빌어먹게 작은 몸은 눈물샘이라도 고장 났는지 또 자꾸만 제멋대로 울어버린다.

분하다.

내가 단단히 화가 났다는 것을 알려 혼을 내줘야 하는데, 그럴 수가 없다.

그것을 본 히무라가 놀라서 내 눈물을 닦았다.

"끄윽. 끄윽!"

"자, 장난이야. 도빈아, 장난이야. 자자! 저기 뒤에 진짜 피아노 있잖아."

이번에도 나를 능멸하려 드는 것이라면 히무라의 면상에 주먹을 날리리라 생각하고 두 남자가 가지고 들어온 물건을 보자.

"……."

나는 잠시 말을 잃고 피아노를 살필 수밖에 없었다.

비록 사이즈는 작지만, 건반 하나의 크기도 미묘하게 작지만 부족하긴 해도 61개의 건반이 있었다.

확실히 피아노의 축소판이라고 할 만했다.

내가 살던 시절의 피아노도 건반 수가 지금처럼 많지 않았으니, 오히려 내게는 이런 피아노가 더 익숙하다.

뚜뚜뚜-

더군다나 여러 개의 건반을 눌러도 화음이 제법 잘 났다.

조율은 미리 해둔 모양.

의자에 앉으니 건반이 딱 적당한 높이에 있었고, 내 짧은 팔로도 어느 정도 커버가 되는 넓이였다.

"아저씨! 잘했어! 좋아해!"

나는 의자에서 내려 히무라를 안고 치하해 주었다.

이 몸에게서 칭찬을 받은 자는 극히 드문데, 이번만큼은 히무라 쇼우 프로듀서의 공로를 인정해 주어도 될 듯하였다.

"다, 다행이다."

히무라가 한숨을 내쉬며 일본말로 뭔가를 말했지만 이미 관심 밖이다. 방 안에 어정쩡하게 위치한 피아노 앞에 앉아, 눈을 감았다.

그리고.

내가 가장 사랑했던 소나타 중 하나.

카를 폰 리히노프스키 공작에게 헌정했었던 8번 소나타, C단조(비창)를 연주하기 시작했다.

'아아.'

이 얼마나 기다려왔던 순간이란 말인가.

비록 건반 수가 부족하고 또 아직 손가락에 힘이 부족해 만족스러운 연주는 아니었으나.

　이번에는 진정으로 눈물이 흐르고 말았다.

　약 18분 정도의 연주 시간 동안.

　히무라는 입을 닫을 수 없었다.

　한국 나이 이제 고작 다섯 살.

　학교조차 들어가지 못한 어린아이다.

　피아노를 치는 것은 이번이 분명 처음이었을 텐데, 악보조
차 없이 베토벤의 C단조 피아노 소나타를 연주하는 저 어린
천재에게서.

　히무라는 눈을 뗄 수 없었다.

　비록 그 연주는 완벽하지 못했지만 알 수 없는 호소력이 전
해져 가슴을 울컥하게 만들었다.

　다른 사람 역시 마찬가지였다.

　배도빈의 연주가 끝났을 때, 아직 그 여운을 느끼며 배영준,
유진희 부부의 표정을 확인한 히무라는 부부 역시 놀라고 있
음을 알 수 있었다.

　아이를 부를 수밖에 없었다.

　"도빈⋯⋯."

그러나 히무라는 다음 말을 이을 수 없었다. 하고 싶었던 말을 다시 삼킬 수밖에 없었다.

배도빈이 다시금 연주를 시작했기 때문이었다.

아직 채 첫 번째 연주의 여운이 모두 가시기도 전에, 그 놀라움이 이어지는 와중에 시작된 배도빈의 두 번째 연주.

베토벤 피아노 소나타 11번 B플랫장조.

베토벤의 곡 대부분이 그러하나 그 생동감 넘치는, 프로 피아니스트라도 그 감정을 정확히 표현하기 어려운 곡을 연주하는 약 25~30분간.

배도빈은 놀랍도록 집중력을 유지했다.

저 집요함.

히무라는 마치 지금 연주를 하지 않으면 안 된다고 말하는 듯한 저 집중력과 표현력을 믿을 수 없었다.

성인조차 프로가 아닌 이상 저럴 수는 없었다.

'믿을 수 없어. 불가능한 일이야.'

베토벤 피아노 소나타 11번 B플랫장조는 음대 입시곡으로도 많이 선택되었다.

그만큼 기본기가 중요한 곡이기 때문인데, 저 어린아이가 자아내는 음률이 비록 그 힘은 부족하다곤 하나 무섭도록 집요했다.

박자를 끈질기게 이어가며 표현하는 선율이 히무라의 가슴

5살, 현대의 천재를 만나다 149

을 뒤흔들었다.

생각해 보면.

작곡에 뛰어난 능력을 지닌 아이라고만 생각해도 배도빈은 이미 그 위대한 사카모토 료이치에게서 완성되어 있다는 평을 받을 정도였다.

히무라 본인도, 나카무라 총괄 매니저도, 클래식 레이블 엑스톤의 전 직원이 배도빈의 작곡 능력에 감탄하며 경악을 할 정도였다.

그런데.

이제 보니 여태 히무라 본인도 엑스톤도.

아니, 일본 전체가 배도빈이란 음악가를 과소평가하고 있었음을 인정해야만 하는 상황이었다.

'분명 부족한 부분이 있지만.'

배도빈의 피아노 연주는 그런 사소한 실수와 부족함을 크게 느끼지 못할 만큼의 카리스마가 있었다.

주륵-

히무라는 저도 모르게.

다섯 살 아이가 연주하는 곡을 듣고는 눈물을 흘렸다.

"하아."

시간이 얼마나 흘렀을까.

건반에서 손을 떼고 문득 창밖을 보니 어느새 어두워져 있었다.

연달아 5~6곡의 소나타를 친 것 같다.

확실히 아직은 만족할 만한 연주는 아니었다. 손이 내 생각을 따라주지 않았다. 아직 손의 근육이 제대로 발달하지 않은 탓인지 마음먹은 대로 움직이지 않았다.

원활하게 연주를 하려면 내 새로운 몸이 보다 이 행위에 익숙해져야 할 것 같다.

'음.'

아직 여린 손가락이 비명을 질렀다. 쉬지 않고 몇 시간이나 피아노를 쳤기 때문이리라.

그러나 감격할 수 있었던 이유는 마침내 다시 시작할 수 있다는 희망을 찾았기 때문이다.

2, 3년은 더 기다려야 할지도 모른다는 생각에 초조해졌던 것이 사실.

그러나 지금부터 다시 쌓아나가면 될 일이다.

그런 생각을 하며 의자에서 내려왔는데 부모님과 히무라가 나를 멍하니 보고 있었다.

"도빈아."

"네."

"저, 정말 피아노 처음 치는 거니?"

이번 생에는 처음이니 고개를 끄덕이자 히무라는 내 손을 꼭 쥐었다. 그러곤 뭔가 감동했다는 표정을 지었는데 조금 부담스러워 손을 뺐다.

부모님 역시 놀라신 듯했다.

두 분을 이해시킬 수 있는 말이 떠오르지 않아 모르는 체했더니 이내 피아노를 어떻게 칠 수 있는지에 대해선 더 묻지 않으셨다.

그날.

늦은 저녁 식사를 하는 와중에 히무라가 물었다.

"부활에 대한 평은 궁금하지 않아?"

"왜요?"

"도빈이가 열심히 만들었잖아. 사람들이 좋아할까 하고 궁금하지 않아? 아저씨는 엄청 궁금했는데."

"제 곡이면 당연히 좋아할 거예요."

"하하하!"

잠시 멈칫했던 히무라 프로듀서가 이내 크게 웃었다.

"그래. 도빈이가 만든 곡을 사람들이 싫어할 리가 없지."

고개를 끄덕였다.

내 삶에서 음악은 투쟁의 수단이었다.

귀족 밑에서 아부를 떨면서, 그들이 원하는 곡만을 만들어야 하는 삶을 살 수는 없었다.

그러기엔 내 안에서 샘솟는 음표들이 너무나 많았다.

타인이 아닌, 내가 만들고 싶은 음악이 너무도 많았기에 나는 그것을 세상 밖으로 표출해야만 했다.

하여 나는 귀족과 교회가 아닌, 대중을 상대로 음악을 해왔다.

그 과정이 순탄치만은 않았다.

음악이 팔리지 않는 순간, 길거리에 나앉아야만 했기 때문에 '팔리는 음악'을 써야만 했고 동시에 팔아야만 했다.

그러면서도 나는 내 음악에 대한 이상을 포기할 수 없었기에 하나의 곡을 만들 때마다 최선을 다했다.

그러했기에 투쟁.

쉬울 리가 없었다.

모든 곡을 만족할 때까지 치열하게 재련했고 그렇게 수정에 수정을 거듭해야만 대중 앞에 보였다.

그런 내 음악이 팔리지 않을 리 없다.

"좀 어떤가요? 다들 좋아해 주고 있나요?"

히무라 프로듀서의 말에 신경을 끄고 밥을 먹고 있는데, 어머니께서 걱정스럽게 싱글 앨범 반응을 물어보셨다.

"훌륭합니다. 판매 추세는 이제 서서히 줄어들고 있지만 평은 칭찬일색입니다. 곡의 완성도가 완벽하다는 이야기가 지배

적이죠."

"다행이네요."

"그리고…… 혹시 사카모토 선생에 대해 아십니까? 클래식 음악에 취미를 두신 두 분이시라면 알 수도 있을 것 같은데."

"사카모토라고 하면."

아버지께서 잠시 고민하시다가.

"설마 사카모토 료이치를 말씀하시는 겁니까?"

"그렇습니다."

아버지께서 누군가의 이름을 말하자 히무라 프로듀서가 다행이라는 듯 고개를 끄덕였다. 그는 잠시 식탁에서 벗어나 가방에서 편지 같은 것을 꺼내왔다.

"얼마 전 미국에서 일본으로 오셨는데, 사카모토 선생이 도빈 군의 부활을 듣고 꼭 한번 만나봤으면 좋겠다고 하셨습니다. 이렇게 편지를 보내셨는데, 읽어 드리겠습니다."

안녕하십니까, 사카모토 료이치라고 합니다.

음악 일을 하는 사람으로서, 실례를 무릅쓰고 이렇게 히무라 군을 통해 편지를 부칩니다.

두 분의 자녀 배도빈 군에 대한 이야기는 기사를 통해 알게 되었습니다.

부디 괜찮으시다면 제가 배도빈 군을 후원할 수 있도록 허락해 주시기 바랍니다.

'후원?'

"엄마, 후원이 뭐예요?"

어머니께 단어의 뜻을 물어보았다.

"도빈이를 돕고 싶은 분이 연락을 주셨나 봐."

돕는다는 의미가 무엇인지에 대해서는 쉽게 추측할 수 있었다. 아마도 'Unterstützung(후원)'을 의미할 터였다.

이 시대에도 그런 개념이 남아 있었단 말인가.

그러나 만약 그가 내게 어떠한 음악을 요구하길 바라며 이러한 제안을 한 것이라면 나는 조금도 받아들일 용의가 없다.

이미 엑스톤이라는 곳에서 내가 하고 싶은 음악을 하면서 돈을 벌 수 있게 된 덕분이다.

"그건 혹시……."

"사카모토 선생이 도빈 군을 가르치고 싶다는 뜻을 전달해 주셨습니다. 물론 그에 드는 비용과 도빈 군이 성장하는 데 필요한 비용까지도요."

'호오.'

그러나 내 생각과는 다르게 어느 겁 없는 친구가 기특하게도 나를 가르치고 싶은 모양이다.

히무라 프로듀서가 읽어주는 편지의 내용에 관심이 생겼다.

"감사한 말씀이긴 한데……. 도빈이에 대한 이야기라면?"

"아아, 혹시 궁금해하실 것 같아 신문도 스크랩해서 가져왔습니다."

어머니께선 내 얼굴이 그려진 종이를 보시면서 히무라의 설명을 들으시고는 민망한 듯 웃으셨다.

반면 아버지께선 수저를 내려놓으시곤 방으로 들어가셨는데, 표정이 몹시 안 좋아 보였다.

아버지께서 그러시자 민망하게 웃던 어머니께서도 웃음을 잃으셨다.

"도빈이가…… 정말 이렇게 말했나요?"

"아…… 네."

히무라는 갑자기 변한 분위기에 당황하였다.

나 역시 이 분위기에 대해 이해할 수 있었다.

돈이 좋다는 발언 때문.

아마도 내가 생각하고 있는 것이 맞을 것이다.

"히무라 프로듀서님, 죄송하지만 오늘은 이만."

"아, 네. 신경 쓰지 마십시오. 그럼 내일 오후에 다시 한번 찾아뵙겠습니다."

"네. 먼 길 와주셔서 감사합니다. 또, 도빈이에게 맞는 피아노를 선물해 주셔서 정말 감사해요."

"별말씀을요."

나와 어머니는 히무라를 배웅한 뒤에 우리에게 허락된 방으로 들어갔다.

"도빈아?"

문을 닫자마자 어머니께서 앉으시면서 나와 눈을 마주하셨다.

"네, 엄마."

"엄마는 도빈이가 엄마랑 아빠 생각해 줘서 너무 기뻐."

나를 꼭 끌어안고 계시지만 어머니께서 지금 무척 슬퍼하고 계시단 사실을 알 수 있었다.

모를 수가 없다.

나는 어릴 적부터 가족의 생계를 책임져야만 했다.

돈이 되는 일이라면 가리지 않았던 이유가 바로 그것.

빌어먹을 술주정뱅이 때문에 우리 가족은 파탄에 이르렀었다. 형제들은 침수된 집에서 죽고, 어머니께서 그 과정에서 얻은 병으로 타계하셨다.

그러하기에 '요한'과 '가난'에 대해서는 치가 떨릴 만큼 경계하고 있다.

그리고.

내 동생 카스파.

아픈 녀석의 아들 칼.

만약 내가 가난했더라면 그래서 칼이 어린 나이에 돈을 벌기 위해 노력했더라면 나는 가슴이 찢어졌을 것이다. 비록 녀석과 조카와는 함께할 수 없었지만, 이제는 그들의 마음을 이해할 수 있을 것 같다.

나는, 가족을 잃는 것을 두려워해 그들에게 해서는 안 될 짓을 했던 것이다.

지금의 아버지, 어머니의 따뜻한 애정을 받고서야 진정 남을 사랑하는 방법에 대해 조금씩 알 수 있었다.

상황의 호전만을 중요하게 생각하다 보니 가장 중요한 부분에 대해 미처 생각하지 못했던 것을 인정할 수밖에 없었다.

'죄송해요, 아빠.'

'제가 돈 많이 벌게요, 엄마.'

어떤 말을 해도 지금의 부모님에게는 상처를 더하는 말이 될 수밖에 없다.

등이 조금 축축해질 때쯤, 나를 꼭 껴안고 계시던 어머니께서 팔을 풀곤 나와 눈을 마주하셨다.

어머니의 눈이 붉고 촉촉하다.

"도빈아."

"네."

"혹시 돈을 벌어야 해서 음악 하는 거니?"

고개를 저었다.

"음악이 좋아요."

나는 음악도 좋고 돈도 좋다.

예전 삶에서도 그러했고 지금 역시 마찬가지다.

다른 이유는 없다. 가난이 너무나도 지긋지긋했기에 그러하다. 평범하게 살고 자유롭게 음악을 하고 싶었으나 언제나 돈이 문제였다.

속물이라 생각할 수도 있겠지만.

그 생각에는 변함이 없다.

다만 그렇다고 돈을 벌기 위해 음악을 하는 것은 결코 아니다.

이 점에 대해서는 어머니께, 아버지께 확실히 할 필요가 있을 듯했다.

내가 지금 두 분을 위로할 수 있는 방법은 이러한 사실을 전달하는 것밖에 없을 듯싶다.

"음악을 하기 위해서 돈이 필요한 거예요. 전 음악을 하고 싶어요."

그 말을 들은 어머니께서 다시 한번 나를 안아주셨고, 구석에서 분함을 삭이고 계셨던 아버지 또한 다가와 나와 어머니를 감싸 안았다.

어쩌면.

내가 받은 선물 중 가장 큰 선물은 귀가 아니라 이러한 가족일 수도 있겠다는 생각을 하게 되었다.

♪

"끄으으으."

입을 틀어막고 주변을 둘러보았지만 마땅한 곳이 없었다.

급한 대로 어머니의 손을 뿌리치고 달려 나가니 화장실이 보였다.

"도빈아? 도빈아!"

어머니께서 놀라셔서 나를 부르셨지만 더 이상은 한계다.

콰당!

화장실 문을 열고 변기를 보자마자.

"꾸웨엑."

속을 잔뜩 게워내었다.

그리고 나서야 조금 진정이 되는 듯했다.

"아이고."

뒤늦게 히무라가 들어와서 내가 토하는 것을 보곤 등을 두들겨 주는데, 정말이지 이런 치욕이 없다.

"우엑."

그러나 속이 뒤집어지는 느낌에 또다시 속을 비워낼 수밖에 없었다.

사카모토 료이치라는 사람을 만나기 위해 다시 한번 일본을 찾았다.

그간 비행기라는 것에 대해서 알게 되었고, 꺼림칙하나 이번에는 군말 없이 어머니와 함께 앉았는데.

몸이 받아들이지 못하는 것인지.

나도 모르게 구역질을 하고 싶어졌다.

이렇게 사람들이 많은 장소에서 그럴 수는 없었기에 간신히 참았지만 땅에 내리고 나서는 무리였다.

"하아……."

"도빈아, 괜찮니?"

어머니께서 걱정스럽게 물어보시는데 나는 고개를 살짝 저을 수밖에 없었다.

온몸의 힘이 빠져나간 기분이다.

"도빈이가 정말 비행기를 싫어하는 것 같군요."

"멀미를 할 줄은 몰랐네요. 얼마 안 걸려서 괜찮을 줄 알았는데."

"우읍."

"어머."

빌어먹을.

또다시 올라오기 시작한다.

♪

결국 한 차례 더 속을 비워낸 나는 탈진해서 어머니에게 업혀 이동하였다.

4살(만)이나 먹었으면서 어머니께 이런 불효를 저지르다니.

연약한 내 몸을 원망하는 것과 동시에 나는 다시는 비행기를 타지 않겠다고 다짐하였다.

"히무라 씨, 죄송하지만 오늘은……."

"아아, 네. 걱정하지 않으셔도 됩니다. 저번과 같이 이틀 정도는 여유를 가지고 왔으니 오늘은 도빈이와 함께 호텔에서 푹 쉬시죠. 필요한 것은 무엇이든 준비해 드리겠습니다."

호텔에 도착하곤 어머니께선 내게 한숨 자라고 말씀하셨다.

나 역시 힘이 없어서 누워 있었더니 금방 잠에 들고 말았다.

얼마나 잤을까.

일어나니 어머니께서도 옆에서 주무시고 계셨다.

시계를 보니 오후 4시.

속에 있는 것을 모조리 토해내서 그런지 제법 시장했다.

몸도 확실히 괜찮아진 느낌이라 어머니와 함께 '카레'를 먹으러 가고 싶었지만 너무 곤히 주무시고 계셨기에 나는 며칠간 머물 방을 둘러보았다.

저번과는 다른 느낌이다.

엄청나게 넓은 집이었고, 여러 개의 방이 있었다.

신기한 것들이 많아 여기저기 둘러보는데, 내 눈을 사로잡는 물건이 있었다.

'이건 뭐지?'

마치 침대처럼 생긴 가구였다.

어머니와 내가 있던 방과는 달리 둥글다.

만져 보니 쑤욱 하고 들어가 나는 생전 느껴보지 못한 감각에 깜짝 놀라고 말았다.

뭔가 신기하여 낑낑대면서 겨우 올라가니 몸이 푹 침대 속으로 들어가는데.

'오오. 오오?'

좋은 느낌이다.

이렇게나 안락한 침대가 있을 줄이야.

어머니께서 깨어나시면 꼭 한번 누워보시라 말씀드려야겠다.

'이건……'

한참을 그렇게 안락하게 보내고 있자니, 머리맡에 '버튼'이 보였다.

우리 집에 있는 오디오와 비슷하게 생겼는데 역시나 지금은 없는 게 없는 모양.

자기 전에 음악을 감상하기 위해 이런 것까지 배치해 두었나 싶었다.

툭- 툭-

그러나 버튼을 눌러도 마땅히 음악이 나거나 하지는 않았다.

고장 난 건가 싶어서 포기를 하려고 할 때, 마지막으로 눌러본 버튼에서 드디어 반응이 나타났다.

띠로리리 띠리리-

'으음?'

무척 요염한 음악이 나오기 시작.

뭔가 내 취향이 아니라 다른 버튼을 누르자.

스윽-

'음?'

뭔가 침대가 움직이는 느낌이 들었다.

'설마.'

착각이겠거니 싶었는데 착각이 아니었다. 묘한 소리와 함께 침대가 회전하기 시작했다.

'이건 또 무슨 해괴한 일이란 말인가.'

멈춰, 멈춰라.

버튼을 몇 번 더 누르자.

"끄악!"

자칫 잘못했다간 침대 밖으로 튕겨져 나갈 것만 같았기 때문에, 시트를 죽기 살기로 쥐었다.

침대가 회전하는 속도가 점점 더 빨라졌기에 나는 살아남기 위해 가운데에 찰싹 달라붙어 있을 수밖에 없었다.

"Hilf mir! Hilf mir!"

살려달란 말이 절로 나왔다.

"우웁."

기껏 안정되었던 속이 다시 뒤집어지기 시작.

"Mutter! Mutter!"

어머니를 불렀으나 반응이 없다.

[19세기의 독일어를 회복했음을 확인하였습니다.]
[봉인되었던 능력치, '작사'를 모두 얻었습니다.]

꺼져!

안 그래도 어지러운데 정신 사납게 무슨 짓이냐!

당장 치우지 못할까!

내가 계속해서 소리를 치니 드디어 어머니께서도 잠에서 깨어나셔서 이쪽으로 오셨다.

"어머, 도빈아 너 뭐 하는 거니?"

"Hilf mir! Hilf mir!!"

"뭐라고? 응? 도와달라고?"

어머니께선 황급히 오디오 부근을 찾으시면서 내게 물었고 나는 그제야 우리나라 말을 떠올렸다.

"살려주…… 웨에엑."

다시는.

다시는 현대의 물건을 함부로 만지지 않겠다고 맹세하였다.

그동안은 그런 생각을 하지 않았지만 현대 물건은 편리한
만큼 위험할 수도, 특히 이 작은 몸뚱어리엔 더욱 그러할 수도
있겠다는 생각을 하였다.

어머니는 내 등을 토닥이신 뒤 내가 정신이 들자 깔깔 웃으
셨는데, 나중에 아버지에게 말해드려야겠다면서 다시 한번 웃
으셨다.

회전하는 '물침대'라는 곳에서 멀미가 날 때까지 버티고 있던
것을 떠올리니 일본에 대한 악감정이 스물스물 피어올랐다.

그렇게 늦은 시간, 어머니와 카레를 먹은 나는 그나마 최악
의 하루를 훌륭한 디너로 마무리 지을 수 있었다.

"호호호. 정말 그랬다니까요. 당신도 보셨어야 했는데. 네. 다
치진 않았어요. 좀 놀랐나 봐요. 네. 당신도 잘 자요. 아이 참."

이이는 옆에 도빈이가 있는데도 자꾸만 이런 식으로 나온다.

자꾸 재촉하기에.

"그래요. 저도 사랑해요."

사랑을 말해주자 크게 웃으며 쪽 하고 소리를 냈다.

정말 주책이지만 자꾸만 웃음이 나왔다.

"전화 요금 많이 나오겠어요. 이만 끊어요. 네. 네."

전화를 끊고 몸을 돌리니 도빈이가 색색 잘 자고 있었다.

내 보물.

오후에 소리를 지르며 살려 달라 하던 것이 생각나 나도 모르게 조금 웃고 말았다.

"우웅."

도빈이가 살짝 깨는 것 같기에 얼른 등을 토닥여주며 나도 잠을 청했다.

침대에 누워 잠시 가만있는데 문득 한 가지 의문이 들었다.

'그러고 보니 도빈이 분명 독일어를 했었지.'

그러나 그 고민은 오래 하지 않았다. 우리나라 말도 제대로 못 하는 우리 도빈이가 독일어를 할 수 있을 리 없으니까.

'그렇네, 독일.'

그렇게 잠시 추억에 잠기자 곧 잠에 들 수 있었다.

다음날은 어머니와 함께 온천이라는 곳에 갔는데, 과연 대한민국과 인접한 나라답게 이곳에도 '목욕'이라는 문화가 있는 모양이다.

매일 일요일 아침 아버지와 함께 목욕탕에 가는 일은 내게 도 즐거운 일이라 따뜻한 물에 몸을 풀 것을 생각하니 기분이 나아졌다.

'가족 온천'이라 하여 꽤 넓은 온천을 어머니와 단둘이 쓸 수 있어 더욱 편했다.

목욕탕이 외부에 있는 것도 신기하고 말이다.

그리고 삼 일째.

히무라와 나카무라 안내를 받아 건방지게도 이 몸을 지도 하고 싶다고 나선 남자를 만날 수 있었다.

"사카모토 료이치라고 합니다."

료이치라는 나이 지긋한 남자(내가 죽기 전과 비슷한 나잇대로 보였다)는 정중하게 어머니께 인사했고, 그것은 내게 환심을 사기 에 충분한 행동이었다.

"그리고…… 이쪽이 배도빈 군이겠군. 반갑네. 사카모토 료 이치라고 하네."

"안녕하세요."

오늘 당장 통역을 맡은 히무라는 사카모토 료이치의 말을 듣곤 잠시 고개를 그에게 무엇인가를 물었다.

일본의 말이라 이해할 순 없었지만 히무라의 말을 듣지 않 고도 저 사람이 나를 마냥 하대하고 있지는 않다는 기분이 들 었다.

첫 인상은 무척 괜찮은 신사다.

"도빈아, 이분은 골든글러브와 그래미 어워드를 받으신 분이란다. 아시아에서는 최초로 아카데미상을 수상하셨지."

"……?"

무슨 말인지 하나도 못 알아듣겠다.

내가 눈썹을 좁히며 히무라와 료이치라는 사람을 번갈아 보자, 노신사가 껄껄 웃었다.

"히무라 군, 그렇게 말한다고 이해할 수 있겠는가."

료이치는 자세를 숙여, 나와 눈을 마주했다.

어머니와 아버지 이후로 '어른'이 나와 눈높이를 맞춰주는 것은 이번이 처음이었다.

항상 목이 아프게 들고 있었어야 했는데, 확실히 매너가 있는 사람이라는 생각이 들었다.

"도빈 군, 사인 하나 해주겠나?"

료이치가 내게 보여준 것은 다름 아닌 내 싱글 앨범인 '부활'이었다.

나는 웃어 보이곤 그것을 받아 어머니께 배운 '배도빈'이라는 이름을 적었다.

"고맙네. 껄껄."

그것을 받아 든 료이치는 내 손을 잡고 피아노 앞으로 향했다.

"답례로 들어주게."

내가 고개를 끄덕이자, 그가 건반을 누르기 시작했다.

그리고 나는 연륜에서 묻어나오는 그 자태에 충격을 받고 말았다.

사카모토 료이치가 연주하는 곡은 절제된 음으로 그 애절한 감성을 너무도 잘 표현하였다.

세련되었다는 표현이 적절할 것이다.

그의 연주 역시 수준급.

내가 살던 시대의 '연주가'와 비교해도 손색이 없을 정도로 훌륭한 연주였다.

그가 건반에서 손을 떼었을 때.

나는 손뼉을 칠 수밖에 없었다.

히무라가 내게 살짝 방금 전 곡이 '비'라는 제목을 가졌다고 귀띔해 주었다.

'비라. 과연.'

노신사는 자리에서 벗어나 내게도 연주를 권했다.

그의 그랜드 피아노를 올려다보며 어쩌지 못하고 있는데 그 뒤에, 히무라가 내게 선물한 것과 똑같은 피아노가 한 대 더 있었다.

이만한 연주를 듣고 답이 없다면 실례일 터.

건반을 앞에 두고 눈을 감았다.

사카모토 료이치가 내게 자신의 곡을 들려준 것은 필시 '나는 이런 음악을 하고 있다'라는 메시지를 담은 것이리라.

그렇다면 나 역시 나를 가장 잘 드러내는 곡을 들려주는 것이 옳다.

D단조.

초반부터 빠른 주제를 제시하고 이어나가는 17번 소나타 D단조를 연주하기 시작했다.[6]

오로지 집중하여.

음 하나하나를 소중히 하며 나는 현재 내가 할 수 있는 최선의 연주를 이어나갔다.

내가 가장 힘들었던 시기.

내 귀와 사랑을 떠나보낸 뒤 심혈을 기울여 만들었던 이 곡이 나를 말해주는 가장 좋은 곡이라 생각한다.

20분 조금 넘는 시간이 흐르고.

연주를 끝내고 차분히 손을 내렸을 때 사카모토 료이치가 박수를 보내왔다.

그는 피아노 앞에 앉은 내게 다가와 물었다.

"아쉽지 않나?"

히무라가 전해준 그의 질문에 나는 고개를 끄덕여 답했다.

"자네는 더욱 발전할 수 있어. 피아니스트로든, 작곡가로든.

---

6) 부록-베토벤 피아노 소나타 17번에 대하여

나는 자네 안에 있는 놀라움을 알 수 있네. 그건…… 자네 스스로도 인지하고 있겠지."

그 말을 듣곤 나는 사카모토 료이치라는 남자를 빤히 볼 수밖에 없었다.

그는 내 연주를 듣곤 내가 아쉬워하고 있다는 것을 눈치챌 정도로 수준 있는 음악가였다.

그가 피아노곡을 들려주었을 때부터 심상치 않다고는 생각했지만, 그는 내 의지가 현실에 부딪쳐 제대로 전달되고 있지 않음을 확신하는 것처럼 보였다.

그의 곧은 눈빛이 그렇게 말하고 있었다.

그가 자아냈던 음률이 그렇게 말해주고 있었다.

"나와 함께 음악을 해주겠나?"

히무라가 전해준 말에 나는, 굳이 히무라를 통해서 전달되지 않아도 되도록.

고개를 끄덕였다.

5살, 음악이 필요한 곳

"고생하셨습니다."

"하하. 고생은 무슨."

배도빈 모자가 돌아가고 사카모토 료이치는 만족스러운 표정을 지었다.

소파에 앉은 그에게 엑스톤의 총 매니저 나카무라가 와인 잔을 채워 넘겨주었다.

"아, 고맙네."

"어떠셨습니까?"

"무엇이?"

"도빈 군 말입니다."

"아아."

나카무라의 조심스러운 질문에 사카모토 료이치는 잠시 고민을 하는 듯했다.

"틀렸어."

"네?"

의외의 대답에 나카무라가 놀라고 말았다.

배도빈이라면 현대 음악의 천재라는 사카모토 료이치에게도 좋은 평을 받을 거라 확신했었기 때문이었다.

그러나 그의 걱정과는 달리 정말 의외의 대답이 나왔다.

"나는 그를 가르치고 싶었지만 그럴 필요는 없을 것 같더군. 그저 함께 음악을 하는 것으로 만족할 것이네."

"그건 무슨 말씀이신지······."

"부활을 듣고 느꼈지. 이미 도빈 군의 음악은 완성되어 있다네. 내가 감히 참견할 여지는 없지. 오늘은 그것을 확인할 수 있었네. 자네도 도빈 군의 연주를 듣지 않았나?"

나카무라는 대음악가 사카모토 료이치에게서 이러한 평이 나올 줄은 상상도 못 했었다.

좋은 평을 받을 거라고는 예상하고 있었지만 이미 그에게 배도빈은 한 사람의 음악가로서, 그에게 동등하게 인정받고 있는 듯했다.

멍하니 있는 나카무라에게 료이치가 재차 물었다.

"자네는 연주자들이 가장 꺼려하는 리퀘스트가 뭐라 생각하나."

"글쎄요."

"바로 베토벤이라네."

무슨 말인지 잘 모르겠다는 표정을 본 료이치는 껄껄 웃은
뒤 이야기를 계속했다.

"잘해봐야 본전. 베토벤의 곡은 전부 그러하네. 도대체 어떻
게 연주해야 좋을지 좀처럼 알 수 없지. 그런데, 도빈 군은 내
연주에 대한 대답으로 서슴없이 베토벤의 d단조를 연주했어.
그게 무슨 뜻인지 자네는 알고 있나?"

나카무라는 고개를 저었고.

"무슨 뜻입니까?"

"자신이 있는 거지 자신의 음악에. 자신의 연주에. 베토벤이
가장 힘들었을 때를 이겨내고 작곡했던 템페스트라네. 혹자
는 다시 태어났다는 표현을 쓰기도 하지. 그보다 베토벤을 잘
나타내는 곡이 또 있을까? 도빈 군은 그런 곡을 자신을 드러
내는 곡으로 선택한 거야. 하하하."

"……."

"내 역할은 그 천재에게 음악이 필요한 곳을 알려주는 것뿐
일세. 가르치다니, 가당치도 않군. 하하하!"

호탕하게 웃는 일본의 대음악가 사카모토 료이치는 정말로
기분이 좋아 보였다.

나카무라는 그런 그를 보며 알 수 없는 희망에 찼다.

♪

나흘째.

사카모토 료이치는 다시 한번 나를 자신의 작업실로 초청했다.

갑작스레 통역을 맡은 히무라 프로듀서는 바쁜 와중에 어쩔 수 없다는 듯 아가씨 한 명을 통역 대리로 두고 어디론가 향했다.

이것저것 신기해 보이는 물건들이 많았는데, 한 번도 보지 못했던 악기들이 있어 나는 그 매력에 푹 빠져 있었다.

"아저씨, 이건 뭐예요?"

줄이 있는 것으로 보아 현악기인데, 마치 류트처럼 생겼다.

내가 관심을 보이자, 통역원으로부터 말을 전해 들은 사카모토 료이치가 그것을 '스피커'라는 소리를 내는 물건에 이은 다음 '묘한 류트', 또는 기타 같은 것을 들었다.

지이이잉-

그가 현을 손으로 잡고 중심부를 뜯자 요란한 소리가 났다.

눈이 튀어나올 지경이다.

이렇게나 힘 있는 연주도 가능하구나, 하는 생각에 나는 사카모토 료이치의 시연을 넋을 놓고 지켜보았다.

폐부를 찌르는 듯한, 가슴을 울리는 그 마성(魔聲)에 나는 크나큰 충격을 받았다.

"Smoke on the Water. Deep Purple의 명곡이지. 전자기타 소리는 처음 듣는 건가?"

고개를 끄덕였다.

묵중한 주제로 시작한 '스모크 온 더 워터'라는 곡은 순식간에 나를 매료시키기 충분했다.

생전 이러한 무게감을 느껴보지 못했기 때문에, 나는 다시 한번 이 자유로운 곡을 연주해 주길 부탁했다.

"기왕이면 원곡을 듣는 게 좋겠지."

사카모토 료이치가 오디오에 CD를 넣고 'Smoke on the Water'를 틀어주었다.

'아아.'

그 6분 정도에 달하는 시간은 다시 태어난 이래 가장 충격적인 시간이었다.

[새로운 장르를 열람하였습니다.]

[대분류 장르 열람: 4개]

또다시 귀찮게 문구가 떠오르는데, 이제는 반응하기도 귀찮아 치워 버리고 말았다.

"허허. 많이 놀란 모양이군."

"네. 엄청나요."

실로 대범한 시도가 아닐 수 없다.

내가 알고 있었던, 지향했었던 음악과는 다른 독특함이 묻어 있었고 그럼에도 음악의 형태를 제대로 갖춘 곡이었다.

"도빈 군은 클래식만 들었나? 드문 경우로군. ……아, 모친께서 클래식을 즐겨 들었다고 했었지."

"네. 그치만 동요도 들었어요."

이제 현대의 사람들이 말하는 클래식이 무엇인지 어렴풋이 알았기에 나는 고개를 끄덕였다.

"하하. 신기한 노릇이야."

사카모토 료이치가 뭐라 하든 나는 조금 전 곡을 듣고 가만히 있을 수 없었다.

료이치가 나를 위해 마련한 미니 피아노에 앉아, 방금 느꼈던 감정을 쏟아내기 시작했다.

"……."

감정이 가는 대로 음을 뽑아내 화성을 이룬다.

그 작업이 즉흥이라 해도 가장 순결한 형태임에는 틀림없다.

대략 4, 5분 정도 흘렀을까.

나는 잊어버리기 전에 악보에 내가 연주한 즉흥곡의 테마를 적었다.

"방금 혹시……."

사카모토 료이치가 말을 걸기에 고개를 들어보니 그는 조금 충격 받은 듯한 표정이었다.

"혹시 즉흥해서 연주한 건가?"

고개를 끄덕이고 다시 건반을 누르며 테마를 이어나가는데 사카모토 료이치가 자꾸만 일본말로 시끄럽게 했다.

"믿을 수가 없군. 도대체 어떤 음감을 가졌기에……. 아니, 불가능한 일은 아니다만 음악을 오래 해온 사람만이, 그 틀이 확립된 사람만이 가능할 터인데."

"아저씨, 쉿!"

"아아, 미안하네. 하하."

다시 악보를 쓰는 데 집중했다.

그러곤.

내가 들었던 곡을 다시금 떠올리며 그것을 피아노로 연주할 수 있도록 편곡을 하기 시작했다.

"고생하셨습니다."

"껄껄. 아니, 즐거운 시간이었네."

배도빈이 숙소로 돌아가는 것을 배웅한 사카모토 료이치는 엑스톤의 총 매니저 나카무라와 티타임을 가졌다.

나카무라로서는 일본, 아니, 현대 음악의 거장이라 불리는 사카모로 료이치가 배도빈에게 어떤 영향을 줄지 기대하고 있을 수밖에 없었다.

그가 앞으로 위기의 엑스톤과 클래식 시장이 줄어들고 있는 일본 시장을 이끌 최고의 유망주였기 때문이었다.

"흠…… . 이상한 일일세."

"무엇이 이상하십니까?"

"도빈 군 말일세. 도무지 믿기지가 않아. 나는 이미 그를 한 사람의 음악가로 인정하고 있었네만."

사카모토 료이치의 말을 들은 나카무라는 침을 꿀꺽 삼켰다.

"알면 알수록 신기한 친구야. 오늘 내가 도빈 군과 무엇을 한 줄 아는가?"

"무엇을 하셨습니까?"

"함께 있지 않고서야 믿을 수 없을 거라네. 록 음악을 처음 들은 아이가 그것을 피아노곡으로 편곡을 했다네. 전혀 다른 느낌, 아니, 주제조차 다른데 누가 봐도 알 수 있는 곡이었다네. 이 악보를 한번 보시게."

비록 음악가로 활동하진 않지만, 음대생 출신인 나카무라가 보기에도 그것은 완벽할 따름이었다.

여전히 알아보기 힘들지만.

"이게 도빈 군이 오늘 쓴 곡입니까?"

"자네 반응을 보니 감이 많이 죽은 것 같으이. ……자네가 그 곡을 연주한다면 어떻게 칠 것 같은가."

악보를 한참 바라보던 나카무라가 일어섰다.

"선생님 앞에서는 부끄럽지만 실례 좀 해봐도 괜찮겠습니까?"

사카모토 료이치가 고개를 끄덕였고, 나카무라는 피아노 앞에 앉았다.

한때 피아노과를 졸업했던 그였기에 제법 괜찮은 연주였다.

나카무라가 연주를 끝내자, 료이치가 자리를 바꿀 것을 제안했다.

"자네가 연주한 것과 내 연주를 비교해 보게."

"네."

연주가 끝나고도 나카무라는 료이치가 무엇을 말하고 싶은지 알 수 없었다.

그러나 단 하나 나카무라의 곡 해석과 사카모토 료이치의 곡 해석이 확연히 차이를 보이고 있다는 점이었다.

료이치가 그 점을 언급하자 나카무라가 의문점을 제시했다.

"그야 저보다 선생님께서 훨씬 뛰어나시니 당연히 차이가 생길 수밖에 없지 않습니까?"

"아니야. 그런 게 아닐세."

다시 테이블로 돌아온 사카모토 료이치가 차를 한 모금 마시곤 입을 열었다.

"과거와 지금의 음악에서 가장 큰 차이가 뭐라고 생각하나?"

"……향유하는 계층이 다르다?"

"틀린 답은 아니네. 내 생각과 비슷하지. 고전 시대 이후로 음악은 상품이 되어왔어. 소수 귀족만이 즐기던 시대를 지나, 음악이 대중에게 다가간 것이지."

사카모토 료이치의 말이 길어질 것 같았기에 나카무라 역시 자리를 잡고 앉았다.

"상품이 된 음악은 일정성을 가져야만 했네. 저장 매체가 생겨나면서 그것이 가능해졌고, 음악의 장르가 갈리면서 현대의 음악은 보다 명확해졌네. 마치 상품처럼 말이야."

나카무라는 료이치의 말에 어느 정도 수긍할 수 있었다.

클래식 음악이 아닌, 상업적 음악은 곡의 해석이 달라지는 일이 극히 적었다.

상품이란 일정성을 가져야 했기 때문이다.

"최근에는 클래식계에도 그런 신곡이 나오고 있지만…… 나는 도빈 군의 악보에서 마치 낭만 시대, 아니, 고전과 낭만의 중간에 있는 듯한 기분이 드네. 이 풍부한 감성과 형식미. 그러면서도 동시에 보는 사람에 따라 해석이 갈리는 그런, 깊이가 있는 곡 말일세."

"잘 모르겠습니다."

"하하. 이해를 바라고 한 말은 아니야. 내 감상일 뿐이니 흘려듣게. ……음. 생각해 보니 중간에 있다고 할 수는 없을 듯하군."

사카모토는 잠시 목을 가다듬고 말을 이었다.

"부활과 부성애, 넘치는 기쁨 그리고 오늘 도빈 군의 즉흥곡을 들었을 때 드는 생각은 확실히 고전적인 느낌을 받네. 마치 낭만 시대를 지향하는 고전주의자."

"마치 베토벤에 대해 말씀하시는 듯합니다."

"하하하! 말이 그렇게 되는가? 하긴. 도빈 군의 음악적 재능은 놀랍도록 그쪽에 치우쳐져 있네. 19세기와 20세기의 클래식에 대해서도 일가견이 있는 것 같지만 말이야. 그런 주제에 또 새로운 음악에 대한 흡수력은 정말이지 기가 찰 정도로 빠르다네."

배도빈에 대해 말하는 사카모토 료이치를 보며, 나카무라가 싱긋 웃었다.

"즐거워 보이시네요."

"암. 암! 즐겁고말고. 껄껄!"

고개를 몇 번 끄덕인 사카모토 료이치는 혼잣말을 하듯 읊조렸다.

"이런 재능을 알리지 않는다면, 그 또한 죄악이겠지."

"예? 잘 못 들었습니다만."

"아닐세. 그냥 혼잣말이었네."

그렇게 잠시 뜸을 들이던 사카모토 료이치가 이제는 빈 나카무라의 찻잔을 채워주며 말했다.

"아무튼 그래서 말일세. 엑스톤에 부탁하고 싶은 일이 있네."

"부탁이라 하시면?"

"이번에 내가 작업하게 될 영화의 주제곡을 도빈 군과 함께 작업하고 싶네. 도와주겠는가?"

"……예?"

♪

"도빈이는 좋겠네?"

"뭐가 좋아요?"

어머니와 함께 오코노미야끼라는 일본식 부침개를 먹고 난 다음, 오늘도 사카모토 료이치의 자택으로 방문했다.

료이치가 내게 영화라는 것을 보여준다고 했는데, TV에 대해서는 이제 조금 알지만 영화라는 것에 대해서는 모르기에 어머니께 여쭤보았다.

"TV 같은 거예요?"

"음……. 엄마가 보는 드라마 있잖아?"

아, 그 배다른 남매가 사랑에 빠졌는데 알고 보니 남자 측의 첫사랑이 여자의 모친. 즉 둘째어머니라는 말 같지도 않은 이야기 말이로군.

고개를 끄덕이자 어머니께서 '그런 거야'라고 말씀해 주셨다.

"……네?"

대체 그런 걸 보러 가는 게 왜 좋은 일인지 알 수 없었다.

사카모토 료이치의 집은 정말로 넓어서, 지하에는 커다란 화면이 있었다.

생전 처음 앉아보는 푹신한 의자에 앉아, 나는 어머니, 히무라와 함께 사카모토 료이치가 틀어준 〈마지막 왕〉이라는 영화를 보기 시작했다.

잠시 후.

"끄어어엉!"

"어머, 어머."

저런 때려죽일 놈들이 있나!

영화 내용을 완벽히 이해할 순 없었지만, 아름다운 영상과 어머니의 도움으로 어떤 내용인지는 알 수 있었다.

더군다나 일전에 한 번 들었던 사카모토 료이치의 '비'가 들렸을 때의 장면을 보고선 오열하지 않을 수가 없었다.

이렇게나 슬픈 이야기가 있을 수 있는가!

"어떤가, 도빈 군. 재밌게 보았는가."

사카모토 료이치가 다가와 물었고, 나는 끅끅대며 이러한 작품을 보여준 료이치에게 고마움을 표했다.

"도빈 군, 나는 자네의 음악이라면 그 음만으로도 충분히 감동을 줄 수 있다고 생각하네. 아니, 이 표현은 부족할지도 모르겠어."

고개를 끄덕였다.

당연한 말이다.

"그러나 영화를 보면서 알 수 있었을 것이네. 음악이 있어서 더욱."

"네. 음악이 있어요."

내 말을 들은 사카모토 료이치가 작게 웃었다.

"다행이군. 내가 자네에게 음악적으로 가르쳐 줄 것은 없지만, 자네의 음악이 필요한 곳을 알려줄 순 있을 것 같네."

내 음악이 필요한 곳이라.

"도빈 군은 아직 잘 모를 수 있겠지만. 훌륭한 곡은 비로소 그 자리를 찾아야 한다네. 그 위대한 모차르트와 베토벤의 곡이 수백 편의 영화에 사용되었다지. 무슨 뜻인지 이해할 수 있겠는가?"

나는 고개를 들어 사카모토 료이치를 올려다보았다.

그의 인자한 표정에서, 그 올곧은 눈에서 나는 그를 신뢰할 수 있음을 느꼈다.

"자네의 음악이 필요한 영화가 있네. 함께해 주게."

사카모토 료이치가 내게 종이 다발을 건네주었다.

죄다 지렁이 같은 글자라 알아볼 순 없었지만 나는 그것을 받아들곤 그를 보았다.

이야기라면 히무라에게 읽어달라면 될 것이다.

고민할 여지는 조금도 없었다.

나는 오페라에는 관심이 없는 편이었지만.

현대가, 지금 내가 다시 태어난 이곳이 바라는 음악이 있고 내 마음이 동한다면.

움직이지 않을 이유가 없다.

"그러니까 머글과 마법사 사이에서 나온 혼혈을 배척하던 악의 마법사가 부활한 거란다."

"……?"

히무라 프로듀서의 설명을 듣고 나는 도대체 이 사람이 무슨 말을 하는지 이해할 수 없었다.

머글은 또 뭐고 마법사라니.

이렇게나 발전한 이 시대에도 그런 미신을 믿는단 말인가.

"무슨 말인지 모르겠어요."

"으음."

사카모토 료이치가 내게 제안한 것은 영화를 극적으로 살릴 수 있는 효과적인 테마곡을 만드는 일이었다.

하여 히무라를 통해 영화의 이야기를 대략적으로 들었는데, 한 시간 가까이 노력했음에도 나는 좀처럼 그 이야기에 대해 공감할 수가 없었다.

"큰일인데."

히무라는 난감하다는 듯 한숨을 쉬었고 나는 나대로 답답하여 금세 흥이 식어버렸다.

아마도 내가 현재의 이야기를 이해하기에는 아직 충분히 공감할 수 없기도 하고 또 이야기 솜씨가 형편없는 히무라의 탓도 있을 것이다.

옆에 함께 계시던 어머니께서 웃으며 말씀하셨다.

"도빈아, 어서 글 배워야겠네?"

"아! 분명 한국에도 이 이야기가 번역되어 있을 테죠. 도빈아, 그걸 읽어보는 게 어떠니? 이 이야기를 이해하는 데 도움이 될 거다."

"호호. 아직 직접 읽기엔 어려울 거예요."

어머니께 내 머리를 정리해 주시면서 대신 답하셨다.

어머니의 말씀대로 언어를 일찍 배웠으면 좋았겠지만, 사실 내게 있어 아직 우리나라 말은 외국어나 다름없다.

한국에서 산 지 기껏해야 4년 정도니, 언어에 특출하지 않은 내게 우리나라 말을 완벽히 습득하기엔 아직 무리가 있다.

〈마지막 왕〉이라는 영화는 상황을 잘 몰라도 영상으로 알 수 있는 것과 음악 등으로 분위기를 읽는 데 수월했던 반면(물론 어머니의 보충 설명도 큰 역할을 했지만).

단순히 히무라의 설명만으로는 이야기를 이해하는 데 무리가 있었다.

"어…… 더빙된 영화를 보면 도움이 되려나?"

"그겁니다!"

그렇게 나는 번개 흉터를 가진 아이의 이야기를 하루에 한 편씩 보게 되었다.

모든 것을 이해하진 못했지만, 나는 그 신기한 이야기와 영상에 빠져 버렸다.

이러한 상상력을 가진 사람이 있을 수 있다니.

세상은 정말 신기한 일로 가득하다는 것을 새삼 다시 느꼈다.

어쩌면 저런 세계가 실제로 존재하지는 않을까 하는 상상을 해보면서 히무라의 설명을 다시 들었다.

"아아."

올해, 2010년 겨울에 개봉될 영화는 이 시리즈의 2부로 나누어지는 마지막 이야기였고 그중 첫 번째 영화였다.

대충의 이야기는 이해할 수 있었다.

"다행이군. 나와 자네가 만들 곡은 이 영화의 하이라이트 장면에 삽입될 예정이라네. 중간에 변주를 하거나 잘라서 삽입될 수도 있겠지만 말이야."

며칠 만에 다시 만난 사카모토 료이치가 영화의 한 장면을 언급하였다.

주인공이 느낄 긴박함과 그 동료들 사이에서 공유되는 비장함을 표현하는 데 확실히 괜찮을 것 같은 테마가 떠오르긴 하는데.

마음에 들지 않는 것이 있었다.

"다 안 들어간다고요?"

"음. 내가 음악 자문을 맡고 있다지만, 어디까지나 이야기와 조화를 이뤄야만 하네. 조금씩 나누어 들어갈 때도 있고, 변주가 될 때도 있지."

불만이다.

이 시대의 대부분의 곡이 그러한 것처럼 분량 자체를 짧게 만드는 것이야 나로서는 새로운 시도고 수용할 만하지만.

내가 만든 곡을 누군가가 마음대로 쪼개서 삽입하는 것은 생각만 해도 몹시 불쾌했다.

"싫구나."

"싫어요."

사카모토 료이치는 내 마음을 정확히 읽었고, 나는 굳이 그것을 숨기지 않았다.

나는 내 감정을 숨기면서 비겁하게 음악을 한 적이 단 한 번도 없었다.

그렇게 만든 곡 따위를 남이 들었다간 수치스러워 못 견딜 것이다.

사카모토 료이치는 고개를 끄덕인 뒤 웃었다.

"그러면 어쩔 수 없구나."

나를 설득하려 들 줄 알았는데, 그는 의외로 쉽게 포기하였다.

내 아무리 루트비히 판 베트호펜이라도 그에게 나는 어린아이일 뿐.

나를 한 사람의 음악가로 인정한다는 그의 발언이 진심이었음을 확인할 수 있었다.

나카무라 매니저도 히무라 프로듀서도.

내가 인정하는 대가, 사카모토 료이치도 모두 믿을 수 있는 사람이라는 점에서 나는 다시 한번 이들과 만난 것을 다행이라고 생각했다.

♪

"아쉽게 되었습니다."

"무엇이 말인가?"

나카무라가 배도빈과 그 모친을 숙소로 안내하러 가고 프로듀서 히무라가 아쉬움을 내비쳤다.

그의 말에 사카모토 료이치가 의문을 제시하여, 히무라는 당연하다는 듯 대답했다.

"도빈 군은 아직 어려서 이번 기회가 얼마나 좋은 기회인지 모르는 모양입니다. 선생님께서 도빈 군의 천재성을 전 세계에 알릴 기회를 주셨는데 거절하니 저로서는 아쉽군요."

"하하하하!"

히무라의 말을 들은 료이치가 크게 웃었다.

"아니야. 그게 아니야."

고개를 설설 저으며 료이치가 입을 열었다.

"도빈 군은 프라이드가 있는 거라네."

"그게 아직 도빈 군이 어리다는 뜻……."

"아닐세."

사카모토 료이치가 단호히 선을 그었다.

평소 인자하고 가끔 엉뚱하다는 이야기까지 듣는 사카모토 료이치였기에 히무라는 평소와 다른 그의 모습에 내심 놀랄 수밖에 없었다.

"도빈 군은 음악을 거짓으로 하기 싫은 것이야. 본인이 납득하지 못했는데 억지로 할 수 없다는 뜻이지. 그게 얼마나 좋은 기회인지는 도빈 군에게는 아무 상관이 없네. 이해할 수 있는가?"

"……"

전 세계에서 쏟아질 관심.

그로 인해 치솟을 음반 판매량.

후속 사업 제의.

부, 명예.

일반적으로 그 소중한 기회를 포기하는 것은 있을 수 없었다.

음악을 만드는 입장이기도 하나 사업가이기도 한 프로듀서 히무라로서는 좀처럼 그 마음을 이해할 수 없었다.

음악적 고집을 위해 그것을 포기하기에는 잃는 것이 너무도 많았다.

배도빈이 거절할 수 있었던 이유는 아직 그가 어리기 때문.

사회를 모르기 때문이라는 생각밖에 들지 않았다.

"하지만 결국 음악은 들어주는 사람이 있어야 진정한 의미를 가집니다. 그걸 생각해 보면……"

"아니야. 그런 게 아닐세. 자네는 도빈 군과 꽤 오래 있으면서 여태 몰랐었나? 도빈 군은 누구보다도 상업적 성공에 관심이 많은 아이라네. 클래식을 하는 아이가 새로운 장르의 음악을 아무런 거부감 없이 받아들이는 것만 봐도 알 수 있지 않은가? 아사히 신문에서의 그 귀여운 인터뷰도 생각나는군."

"그렇다면……."

"단지 자신이 납득하지 못한 채, 그런 어정쩡한 마음으로 음악을 만들기 싫은 거라네. 태도의 문제지. 그런 음악을 남에게 선보이는 것 자체를 부끄럽게 여기는 거야. 그게 설령 잘 팔린다 하더라도 말일세."

히무라는 아무 말도 할 수 없었다.

"자네는 아직 도빈 군에 대해 모르고 있네. 그는 어엿한 음악가야. 아니, 고고한 음악가야. 그를 아이로 보지 말게."

'고고(孤高)라.'

히무라는 잠시 생각에 잠겼다.

한참을 그렇게 가만히 있다가 고개를 들어 사카모토 료이치에게 물었다.

"선생님께서는 도빈 군에 대해 어찌 그렇게 잘 알고 계신 겁니까?"

그 질문을 듣고서야 사카모토 료이치는 평소와 같이 털털한 노인으로 돌아왔다.

"내가 그랬으니까."

"예?"

"다른 이유는 없네. 내가 딱 그랬으니 아는 것일세."

"……."

천재들 사이에서 통용되는 이야기인가.

8살, 천재 피아니스트로 데뷔한 사카모토는 그의 나이 25세가 될 때까지 클래식 음악계의 초신성으로 활약했다.

피아노, 바이올린, 첼로 등 여러 악기를 다루었고 30세란 이른 나이에 빈 필하모닉에서 콘서트마스터로 활약하기도 했었다.

듣기로는 지휘자가 없는 기간이 길어 지휘도 오래 했고 그때 거장이라 불렸다고 한다.

그러더니 이내 곧 대중음악계에 뛰어들어 현재는 다루지 않는 장르가 없을 정도로 활약했다.

"그리고 이번 일에 대해서는 걱정하지 말게. 도빈 군을 움직일 좋은 방법이 있으니까."

"예? 어, 어떻게 말씀이십니까?"

"본인이 마음을 바꾸면 되지 않겠나. 하하하."

"네?"

거의 포기하고 있었던 히무라가 놀라 물었다.

"뭐 어려운 일이겠는가."

너무도 단순한 말에 히무라는 말을 잃었다.

오늘 사카모토 료이치가 하는 말을 좀처럼 쉽게 이해할 수 없었는데 마지막에는 허무하기까지 하였다.

"본인이 하고 싶다는 생각이 들게 하면 된다네. 걱정 말게. 나 역시 겪었던 과정이니 내가 제일 잘 알아. 도빈 군은 반드시 이 일을 하게 되어 있네."

"……네."

히무라는 오늘 처음으로 대가, 사카모토 료이치 선생을 못 미덥게 생각하였다.

♪

벌써 일주일째.

나는 사카모토 료이치와 함께 피아노를 연주한다든가, 그로부터 '기타'라는 훌륭한 악기를 배운다거나.

그러지 않을 때는 영화를 보는 데 심취했다.

덕분에 이제는 통역을 해주는 아가씨와도 제법 가까워졌다.

"도빈아, 초콜릿 먹을래?"

"네. 주세요."

"아으, 귀여워~"

이 젊은 여성이 건방지게 내 볼을 꼬집는다거나 멋대로 사진을 찍는 게 불쾌하긴 해도, 단 것을 주니 너그럽게 넘어가 주고 있다.

아무튼.

사카모토 료이치의 영화 콜렉션은 대단했다.

그것들을 구경하는 와중 나는 독일에서 만든 영화 역시 있는 것을 발견, 틀어달라고 부탁했다.

내가 쓰던 독일어와는 조금 다르긴 해도 유추해 볼 수 있는 정도라 알고 있는 독일어와 지금 사용되는 독일어가 다름을 인지할 수 있었고, 영화를 통해 어느 정도는 습득할 수 있었다.

더불어 그 과정 덕분에 나는 영화라는 문화 활동에 더욱 빠져들었다.

어머니를 통해 '만들어진 이야기'라는 것은 알고 있었지만, 그 사실적인 묘사와 효과적인 연출에 기껏해야 180년 전의 거리 연극이나 오페라 정도에 익숙했던 나는 놀랄 수밖에 없었다.

그리고 조금씩 내 안에 변화가 찾아왔다.

영화를 듣는 와중에, 문득문득 내가 아는 음악이 흘러나왔다.

모차르트. 때로는 나의 곡. 때때로 비발디의 음악을 들을 수 있었다.[7]

그 외에도 영화에는 수많은 음악이 함께하고 있었다.

내 생각과 다르게.

. . . .
7) 부록-불멸의 두 음악가

영화 속에서 버무려진 곡들은 끊기는 것이 아니라, 그리하여 생명과 의미를 잃는 것이 아니라.

그 상황에서 가장 적절히 조화를 이루고 있었다.

'이 역시 하나의 형태란 말인가?'

분명 단지 영상과 함께 있을 뿐인데, 뚝 하고 떼어져 나온 음률이 그 자체로도 큰 감동을 주었다.

몇 번을 더 듣고.

영화에 삽입된 다른 몇몇 곡의 원본을 들어보면서 나는 조금씩 이 또 다른 형태의 예술에 대해 조금씩 이해할 수 있었다.

그리고 사카모토 료이치에게 물었다.

"사카모토는 왜 음악을 해요?"

조금 분하기는 하지만.

이 시대에 음악이 어떻게 쓰이는가.

음악이 어디에 필요한가.

그리고 나의 음악이 더 넓은 세상에 소개되는 방법에 대해, 확실히 사카모토 료이치는 내 이정표가 되어주고 있었다.

과거 어떻게든 나를 착취하려 들었던 이들과는 전혀 다른 그에게 나는 문득 의문이 들었다.

나는 살아남기 위한 투쟁이었다.

속물이라도 좋았다.

지난날 나약한 나를 지키기 위해 해왔던 음악, 자유를 갈구

하며 고뇌 속의 나를 담았던 음악.

내게 있어 음악은 그러했다.

혹은 나처럼 사회에, 시대에, 환경에 절망하는 이들을 위해
곡을 써 내렸다.

나의 음악은 신음이자 절규.

포효이자 갈구다.

"음······. 어려운 질문을 하는군."

사카모토 료이치는 잠시 고민하더니 이내 입을 열었다.

"처음에는 떠오르는 것을 표현할 뿐이었네. 어쩌면 그게 나
였을지도 모르겠어. 그러나 지금은 조금 다르다네."

나는 굳이 그의 말을 끊고 싶지 않아 가만히 그를 지켜볼 뿐
이었다.

통역가는 사카모토의 말을 뒤이어 전해주었다.

"나는 음악이 보다 솔직해지는 방향으로 나아가고 있다고
생각하네. 쉽게 그리고 직접적으로. 아마 음악을 사색할 여유
조차 없는 거겠지. 대중이란 항상 그러했으니까."

"하나도 못 알아듣겠어요."

"하하하하!"

사카모토의 말은 이해하기 조금 어려웠지만, 통역을 해주는
아가씨가 충분히 설명할 수 있도록 간혹 말을 쉬었다.

"좀 더 쉽게 이야기하자면······ 이 시대는 과거 그 어떠한 때

보다 음악을 필요로 한다네. 적어도 내가 젊었을 때보다는 지금이 더 외롭거든. 나나, 다른 사람들이나."

"외롭다."

"그렇네. 나는 얼마 안 남은 내 생에 최선을 다해 음악을 필요로 하는 사람들을 위로하며 살 것이고. 그것이 내가 음악을 하는 이유라네."

사카모토 료이치가 싱긋 웃은 뒤.

"그리고."

내가 그 말을 모두 전해 듣는 것을 기다렸다가 말을 마무리 지었다.

"자네 역시 그러한 때에 태어난 게지."

음악이 가장 필요한 시대에 다시 태어났다라.

이 역시 신의 장난인가?

여러 편의 영화를 감상한 나는 영화를 돋보이게 하는, 이야기에 관객을 몰입시킬 수 있는 음악의 기능에 대해 다시 한번 생각하게 되었다.

비록 자막이나 부연 설명만으로는 영화 내용을 완벽하게 이해할 순 없었지만, 그 감정을 증폭시키는 데 음악이 큰 역할을 했다는 것.

덕분에 나는 어느 정도 이야기에 공감할 수 있었다.

아마 이것이 영화에 음악을 삽입하는 이유 중 하나일 거란 생각이 들었다.

'효과음', '배경음' 등 영화는 소리를 정말 많이 사용하였는데, 그 가운데 내가 미처 생각하지 못했던 방법도 종종 있었다.

또 내 예상보다 훨씬 큰 효과를 보여주기도 했다.

예를 들어 사카모토 료이치의 콜렉션으로 있던 영화, 엘비라 마디간(Elvira Madigan, 1967)은 마치 수채화 같은 영상과 더불어 모차르트의 피아노 협주곡 21번, C장조를 흘려보내 내게 감동을 선사했었다.

그 외에도 로렌조 오일(Lorenzo's Oil)이라는 영화 등에 삽입된 모차르트의 음악은 정말 다채로운 이야기들과 함께해 내게 새롭게 다가왔다.

그 천재의 음악을 통해 감동을 전해주는 영화들을 보고 나선, 나는 사카모토 료이치가 제안한 일을 받아들이기로 온전히 결심했다.

"마음을 바꾸게 된 이유를 물어봐도 되겠니?"

그 이야기를 하니, 함께 있던 히무라 프로듀서가 내게 이유를 물었다.

"해도 괜찮을 것 같아요."

비록 내 마음을 전부 전달할 순 없었지만, 그것은 영화 역시 마찬가지다.

나 역시 아직 이 세계, 이 시간을 정확히 알 수 없는 것처럼.

이 세상 역시 루트비히 판 베트호펜이자 배도빈인 나를 이해하긴 힘들 것이다.

하지만 적어도 음악이 있는 영화를 통해서는 나도 세계를 이해할 수 있고, 나 역시 영화 안에 나의 음악을 넣어 세상에 나를 이해시킬 수 있을 거란 생각이 들었다.

내가 우리나라 말이나 일본말에 능숙해진다고 해서 모든 것을 전달할 수는 없는 법.

영화 역시 마찬가지였으나 음악이 함께한다면 이야기가 달라짐을 깨달은 것이다.

그런 생각을 하니 문득 예전 생각이 들었다.

나는 괴테의 시를 좋아했었다.

그의 작품이라면 무엇이든 탐독하였고 나는 그를 존경하기에 이르렀다.

심지어 그의 작품을 가사로 곡을 만들기도 하였다.

그의 글에서는 자유를 느낄 수 있었기 때문인데.

하여 나는 괴테라는 남자에 대해 잘 이해하고 있다고 여겼다.

그러나 오스트리아의 황족을 마주하곤 생각이 달라졌다.

황족에게 예의를 보이지 않았다며 내게 핀잔을 주는 그를 보며, 괴테 그 남자에 대해 잘 알고 있다고 생각했던 것이 나의 착각이었음을 깨달았다.

그 이후 다시는 그와 만나지 않았지만.

나는 그가 남긴 말에 대해서는 익히 들었다.

'내 문학을 음악에 비하지 마라.'

그의 말을 전해 들었을 때는 충격이었다.

그의 시를 가사로 한 Cantata for chorus & orchestra(잔잔한 바다와 즐거운 항해)를 그에게 헌정했을 때, 답장도 없이 무시받았던 기억이 떠오르며 나는 그의 사상을 부정하였다.

나는 문학에 대해 잘 알 수 없지만.

음악은 문학이(언어가) 전달할 수 없는 어떠한 것을 전달할 수 있다고 믿었다.

분명 문학이 전달할 수 있는 것이 있고, 음악이 전달할 수 있는 게 따로 있을 터.

이번, 영화에 사용될 테마곡을 만드는 일은 그런 나의 사상을 증명하는 일이 될 터라 여겼다.

"하고 싶어요."

비록 지금은 이 뜻을 명확히 전달할 수 없지만.

반드시 내 음악이 영화에 더해져, 대사와 영상으로는 전달할 수 없는 그 무엇인가를 찾아내, 관객들에게 선물해 주리라 다짐했다.

"허허. 좋은 일이지 않은가. 분명 자네의 음악은 사람들을 즐겁게 해줄 것일세."

어리숙한 몇 마디로 대답한 나를 보고, 사카모토 료이치가 껄껄 웃었다.

"영화는 이제 삶에서 빠질 수 없는 문화가 되었지. 혹시 영화에 대사보다도 음악이 먼저 들어간 사실을 알고 있나?"

고개를 저으니 사카모토가 말을 이었다.

"무성 영화에도 음악이 있었지. 비록 처음엔 프로젝터 소음을 감추고자 했던 시도였지만 아주 작은 극장이라도 피아니스트가 항상 있었다네. 그만큼, 영화에서 음악은 중요한 요소란 말이고. 자네는 사람들을 즐겁게 해줄 수 있다는 말일세."

"그럴 거예요."

다시 한번 사카모토가 빙그레 웃었다.

배도빈의 모친 유진희는 벌써 며칠째 '지니위즈 시리즈'를 반복해 보는 배도빈이 걱정되었다.

한글 자막을 통해 영화를 보면서 배도빈은 전에 없이 단어의 뜻을 알기 위해 애썼다.

그러나 처음에는 한글 공부도 되겠거니 싶었던 유진희로서도 하루에 10시간 이상 영화를 이해하기 위해 반복 시청을 하는 배도빈 때문에 애가 타게 되었다.

"엄마, 이 협력이란 단어는 무슨 뜻이에요?"

"서로 돕는다는 뜻이란다."

배도빈은 공책에 삐뚤빼뚤한 글씨로 '협력'이란 단어를 적고 그 뜻을 자신이 이해하기 쉽게 설명해 두었다.

어느새 공책은 그런 단어들로 절반가량이나 차 있었다.

"도빈아, 공부 그만하고 엄마랑 산책 나갈까? 오늘 날씨가 참 좋은데. 도빈이가 좋아하는 카레도 먹고."

"이거 봐야 해요."

누굴 닮아서 어쩜 저리도 고집이 센지.

유진희는 슬며시 나카무라 매니저에게 하소연을 하였다.

"조금 걱정되네요. 공부하는 건 좋은데 저러다 어떻게 될지……. 그 왜."

유진희는 말을 하려다가 이내 그만두었다.

얼핏 자폐증을 앓는 아이가 한 분야에 놀랍도록 집중한다는 이야기를 들었기 때문이었다.

어려서부터 음악에 과할 정도로 몰입한 배도빈이 혹시나 그러진 않을까, 하는 걱정이 된 것이었다.

그러나 그것을 입 밖으로 냈다간 말이 씨가 될까 봐 가슴에 묻어두었다.

"저도 조금 놀랐습니다. 그동안 이야기를 들어보니 몇 시간씩 작곡을 하거나, 하루 종일 피아노를 친다든가 했다고요?"

통역을 통해 유진희가 걱정하고 있음을 인지한 나카무라가 반응했다.

"네……."

유진희는 고개를 살짝 끄덕였다.

나카무라 역시 한 아이의 부모였기에 유진희의 마음은 충분히 공감할 수 있었다.

그 역시 딸바보로 엑스톤 사내에 소문이 파다할 정도니까.

아주 작은 것이라도 걱정할 수밖에 없는 마음을 알고 있었다.

"외람된 말이지만 혹시 도빈이에게 무슨 문제가 있다고 생각하신다면 그건 아마 아닐 것입니다."

유진희는 통역되어 전달되는 나카무라의 말을 충분히 기다리며 귀를 기울였다.

"아마 자폐증을 의심하시는 듯한데, 보통 그런 아이는 의사소통에 큰 문제를 겪습니다. 그러나 도빈 군의 경우에는 그렇지 않죠. 도리어 자신의 의견을 내비치는 데 적극적입니다. 말로도 그러하고 음악적으로는 더욱이요."

"정말 괜찮은 걸까요?"

"만일 걱정되신다면 검사를 한번 받아보시는 것도 괜찮겠죠. 하지만 제 눈에는 놀라울 정도의 집중력을 가진 천재로 보일 뿐입니다."

"……."

유진희는 말없이 지금도 스크린을 보며 이야기를 이해하기 위해 노력하는 아들을 걱정스레 보았다.

그러기를 얼마간.

배도빈이 자리에서 벌떡 일어나더니 주변을 둘러보았다. 그러고는 유진희를 찾자 쪼르르 달려와 입을 열었다.

"엄마, 배고파요. 카레 먹고 싶어요."

"그래?"

고개를 힘차게 끄덕이는 아들을 보며, 유진희는 이번에는 배도빈의 '집착'이 어쩌면 자폐증이 아니라 다른 병일지도 모른다는 생각을 해보았다.

모자가 일본에 온 지 14일째.

단 한 번, 점심으로 먹은 오코노미야끼를 제외하곤 배도빈은 카레만 찾았다.

· 7악장 ·

5살, 위대한 도약

"그럼 기대하고 있겠네, 도빈 군."

"네."

사카모토 료이치와 함께 일본에 머문 지 벌써 20일이나 흘렀다.

다시 태어난 이후 가장 충실했다는 생각이 들 정도로 만족스러웠다.

사카모토 료이치는 내 음악을 너무도 잘 이해해 주었고, 그런 그와 음악을 함께 향유하는 일은 그 무엇보다 즐거웠다.

그의 음악적 지식은 바다와 같았으며 현대 음악에 대한 궁금증이 생길 때마다 그만은 내 갈증을 해소해 주었다. 동시에 그러하기에 더욱 갈증이 오르기도 했다.

반대로.

의외로 사카모토 료이치가 고전 음악, 그러니까 내가 살던 시대에 대한 이해가 부족한 부분이 있었고 나는 그에게 바흐와 비발디의 위대함을 전파해 주느라 애썼다.

훌륭한 음악가라고만 생각하고 있던 그는 내가 분석하고 해설하는 바흐와 비발디의 곡을 보고는 깜짝 놀라곤 했다.

그리고 오늘에 이르러.

'지니위즈 시리즈'에 대해 만족할 만큼 이해한 나는 곧장 테마로 쓸 멜로디를 만들어 사카모토 료이치에게 들려주었다.

"역시."

주제만 가지고 즉흥해서 피아노 연주를 하니 사카모토 료이치는 고개를 끄덕였다.

세부적인 이야기를 나누고, 더 이상 일본에 머물고 있을 수 없었기에 악보 교환은 나카무라를 통해 하기로 약속.

지금은 공항에서 그와 작별 인사를 나누게 되었다.

"참, 말했는지 모르겠지만 이번에 들어갈 곡은 하나일세. 온전한 곡 하나를 넣어야 하는데, 엑스톤 음반을 준비하는 것과 병행할 수 있겠나?"

히무라 프로듀서가 사카모토 료이치의 우려를 전달해 주었고.

나는 그가 내게 처음으로 내비친 걱정을 지워주고 싶었다.

두 개의 교향곡을 함께 만들기도 했고, 여러 곡을 동시에 만드는 일에는 익숙하다.

그것을 말해줄 순 없으니 나는 그가 내민 손을 꼭 잡는 것으로 대신할 수밖에 없었다.

"걱정 마세요."

사카모토 료이치가 씩 하고 웃으며 손을 흔들었다.

♪

"우욱."

"도빈아, 토할 것 같아? 화장실 갈까?"

도리도리.

여전히 기분 나쁜 일이지만, 앞으로는 익숙해져야 하는 일이었다.

인천이란 곳에 내린 나는 속이 울렁거려 괴로운 와중에 마중 나온 아버지에게 안겼다.

"어이구, 우리 도빈이. 아빠 보고 싶지 않았어?"

사카모토 료이치와 서로의 음악을 공유하느라 아버지 생각은 조금도 나지 않았다.

그러나 그것을 말했다간 마음 약한 아버지께서 슬퍼하실 것이 뻔했기에 나는 한 번 더 꼭 끌어안는 것으로 아버지를 위로했다.

나와 어머니가 일본에 가 있는 동안 아버지는 꽤 외로우셨는지 나를 안아 들곤 좀처럼 놔주질 않았다.

그런 와중에 어머니와 키스를 하는 것도 잊지 않으셨는데, 가운데에 낀 나로서는 숨이 턱 막힐 지경이었다.

'으읍!'

"아아!"

두 분 사이가 좋은 거야 환영할 만한 일이다만 그 때문에 내가 숨 막혀 죽을 순 없는 법.

내가 발버둥을 치자 그제야 두 분이 떨어지셨다.

"그래, 그래. 우리 도빈이도 뽀뽀."

"······웩."

내가 다정하고 책임감 있는 아버지를 존경하고 사랑하는 건 사실이지만, 30대 남성과의 키스라니.

도저히 용납할 수 없는 일이다.

그러나 아버지께선 상처를 받으신 듯.

"도빈아, 아빠한테 뽀뽀 한번 해드려. 응?"

내 심정도 모르시면서 어머니께서는 우울해진 아버지를 위해 내게 가혹한 일을 권하셨다.

난감하여 어머니와 아버지를 번갈아 보자 아버지께서 한숨을 길게 내쉬었다.

한 번 더 거절했다간 한동안 오래 갈 듯하다.

'이이이익.'

정말 큰마음을 먹고 아버지의 볼에 입을 가져다대는 그 순간.

아버지께서 고개를 돌리셨고 결국 입을 맞추게 되었다.

"아! 아빠!! 더러워!!"

확실히 일본으로의 여행, 사카모토 료이치와의 만남이 내게 영감을 불어넣어 준 듯했다.

"좋아."

일본에서 돌아온 직후, 나는 앨범에 들어갈 두 번째 곡 'Hochgefühl(넘치는 기쁨)'을 마무리할 수 있었다.

새로운 세상과 부모님 그리고 사카모토 료이치라는 멋진 친구를 만나면서 느낀 기쁨을 표현했다.

그 과정에서 곡의 전개를 전면적으로 수정하였는데 처음과는 그 형태가 제법 달랐다.

첫 번째 곡 'Auferstehung(부활)'과는 달리 이번에는 내 후대의 이들의 음악에서 영감을 받았기에 좀 더 기교가 들어간 느낌이다.

동시에 본격적으로 영화 테마곡을 만들기 시작했는데, 사카모토는 내게 피아노 독주곡을 바라는 듯했지만, 그 이야기의 비장함과 장엄함을 나타내기에 오케스트라만큼 효과적인 것도 없다는 생각이 들었다.

하여 세 번째 곡이자 C단조의 소나타, 'Freund(벗)'을 작곡하는 와중 현대의 오케스트라는 어떤 식으로 연주를 하는지 알아보았다.

이유는.

베를린 필하모닉의 첼리스트 이승희.

그녀의 비올론첼로 연주는 내 예상보다 훨씬 뛰어났는데, 아무래도 180년이 넘는 시간이 흐른 만큼 연주법이 발달했다는 생각이 들었다.

확실히 축적된 지식과 이승희 본인의 노력으로 인한 그 아름다운 연주에는 놀라울 수밖에 없었다.

그러나 또 전혀 따라잡지 못할 정도는 아니었다.

문제는 내가 시간적 차이를 느낀 이상 다른 악기에도 그러한 변화가 있었을 거라는 점이었다.

많은 수의 악기를 활용하는 오케스트라곡이라면 그 차이를 인지할 필요가 있었기 때문이다.

그래도 다행히 갓난아기 때부터 낭만파 음악을 자주 접할 수 있었던 것은 내게 크게 도움이 되었다(사카모토 료이치는 적어도 자신은 나 루트비히 판 베트호펜이 사망한 시점을 고전의 끝, 낭만의 시작으로 판단한다고 한다).

덕분에 그 격차가 생각보다 크지 않았던 것.

물론 드뷔시나 리스트, 라흐마니노프의 피아노 연주를 처음 들었을 때도 나는 놀랐고 또 그 신선함에 기뻐했다.

단언하건대 그들의 곡과 연주는 그 자체로도 빛이 난다.

그야말로 저 하늘에 찬란히 빛나는 북극성과도 같다.

하지만 한두 번 들어보면, 내 연주 실력으로 충분히 그만한 연주를 할 수 있다고 확신했다.

연주 실력 자체에는 차이가 없었고 단지 개념이 조금씩 발전 또는 변화해 왔다는 느낌이었기에 말이다.

고로 내가 앞으로 몇 년 더 이 몸으로 피아노 연주에 익숙해진다면 그들보다 충분히 나아지리란 생각이 들었는데.

정리해 보면 이러한 과정에서 나는 현 시대, 21세기의 연주자들이 어느 정도의 기량을 가지고 있는지, 지휘자는 어떤 사람이 있는지에 대해 파악해야 내가 온전한 곡을 만들 수 있다는 말이다.

변화 또는 발전한 개념을 좀 더 이해해야 함은 나로서도 필수불가결한 일이었다.

그래야 비로소 현대의 루트비히 판 베트호펜으로서 활동할 수 있기 때문이다.

그러지 않고서야 그저 나는 1800년 그대로일 테니까.

"음악 듣고 싶어요."

그런 생각을 마쳤으니 남은 것은 행동뿐.

나카무라 매니저를 통해 몇몇 DVD(영화를 보던 물건이다)로 오케스트라 연주를 감상했다.

"한스 리히터 4세가 지휘한 공연 영상이란다."

나카무라의 말을 히무라가 통역해 주었고, 나는 고생해서 자료를 준비해 준 나카무라에게 고마움을 표했다.

"빈 필하모닉이라. 대단했지. 2004년인가? 그렇다면 유럽을 위한 음악회(Konzert für Europa)가 참 좋았어."

"그래. 기억나는군그래. 정말 어마어마했었지. 특히 베토벤의 9번 교향곡에선 정말이지 감동할 수밖에 없었고. 그러고 보니 자네랑……."

나카무라와 히무라가 일본말로 저들끼리 잡담을 떨고 있을 때, 나는 내 피아노 연습실 옆에 마련된 방에 들어갔다.

'Wiener Philharmoniker(빈 필하모닉)'이라.

빈이라면 인연이 깊다. 30년 넘게 살았던 곳이기에 사실상 고향이나 다름이 없다.

'그러고 보니.'

오케스트라에 대해 공부하다 보니 문득 예전 생각이 떠올랐다.

1824년 5월 7일.

케른트너토어 극장에서의 아카데미 공연을 위해 나는 케른트너토어 극장 전속 오케스트라에 추가 인원을 요구했고, 그들은 면접을 통해 연주자를 선발했었다.

당시에는 전문적인 오케스트라가 없다시피 했고 또 인원도 충분치 않았기에 서둘러 뽑았는데.

나는 9번 교향곡의 연주회에 더블링(한 파트를 두 명이 연주)을 바랐기에 평소보다 인원이 더 필요했다.

내가 생각한 감성을 전달하기 위해서는 그만큼 음량도 중요했기에 선택했던 것.

그때의 기억이 새록새록 떠올랐다.

아무것도 들리지 않는 와중에, 어쩌면 나는 무리한 행동을 하는 것일지도 모른다.

나는 오로지 현악기 연주자들의 파지법과 현을 타는 것을 보는 것만으로 연주 진행 상황을 파악해야만 했다.

어려운 일은 아니었다.

그러나 세세한 전달을 할 수 있을 리가 없었다.

나는 미하엘 움라우프를 앞세우고 그에게 지휘를 맡길 수밖에 없었다.

'……'

그러기를 얼마간.

숨이 차올랐다.

성악 합창단의 마지막 파트만 남기곤 나는 내가 할 수 있는 일을 모두 마치고 공연이 끝나길 기다릴 뿐이었다.

'제대로 된 것인가.'

나로서는 확신할 수 없다.

가슴속에 근원을 알 수 없는 고양감이 차오르는 것을 느낄 뿐이었다.

그렇게 가만히 있는데, 누군가가 내 옷자락을 잡아당겼다.

그것을 느끼고서야 돌아섰다.

내 눈앞에 관석에 앉아 있어야 할 사람들이 전부 일어나 손뼉을 치고 있는 모습이 펼쳐졌다.

'성공했군.'

그러나 나는 들을 수 없다.[8]

문득 옛 생각에 빠지고 말았다.

지금도 선명히 기억에 남은 180년 전의 독일과 오스트리아

....

8) 부록-베토벤 9번 교향곡의 초연에 대해

의 빈.

빈 필하모닉이라는 곳은 어떤 연주를 할지 궁금해졌다.

'언젠가는 기회가 오겠지.'

다시 공부를 해야 했기에 고개를 흔들고는 자세를 바로 했다.

이제 DVD를 틀어보는 데 익숙해진 만큼 누구의 도움도 없이 나카무라가 구해준 빈 필하모닉의 영상을 시청하였다.

'역시.'

확실히 내 예상이 옳았다.

예전에 비해 연주의 수준이 탁월하다는 것을 이해할 수 있었다.

나 역시 청력을 잃고 나서는 정확히 그 당시의 연주 실력을 평가할 순 없었지만, 적어도 스킬이나 개념에 있어서는 많은 발전과 변화가 있었다고 인정해야 했다.

그것이 곧 연주력을 뜻하는 것은 아니지만 말이다.

어찌 되었든 나는 최고의 곡을 만들기 위해, 더 많은 오케스트라의 공연을 듣고 싶었는데.

영상이 끝이 나버렸다.

아쉬워하며 또 다른 CD를 넣으려고 할 때, 히무라가 들어왔다.

"도빈아, 잘 보고 있니?"

"네."

"아, 그건 공연 영상은 아니란다."

"그럼요?"

"베토벤의 교향곡을 녹음한 건데, 정말 잘 된 것만을 음원을 복원하기도, 재연주를 하기도 해서 만든 거란다. 오, 드물게도 바그너의 수정본을 그대로 연주한 거로구나."

이건 또 무슨 개뼈다귀 같은 말인가.

혹시나 싶어 다시 물었다.

"수정본이 뭐예요?"

"아아, 고쳤다는 뜻이란다. 도빈이는 아직 잘 모를 수도 있겠지만 9번 교향곡은 당시에는 연주하기 버거울 정도로 어려웠단다. 뭐, 지금도 그건 마찬가지지만. 하하."

"……."

"그걸 바그너가 '베토벤이 살아 있다면 그리하여 발전한 악기를 접했다면 이렇게 작곡했을 거다'라며 수정을 했었지. 아아, 도빈이라면 이미 들었을지도 모르겠구나. 유명하니까. 베토벤의 곡뿐만이 아니라 그런 곡이 꽤 있단다."

다시 태어난 뒤, 나의 다른 곡은 들었지만 D단조만큼은 들은 적 없다.

의도가 있었던 것은 아닌데 내 후대 음악에 심취하여, 특히 리스트와 라흐마니노프의 음악에 빠졌기 때문이다.

청각을 잃은 뒤 작곡했던 것 중 듣고 싶었던 것은 어머니의 콜렉션에 있는 것이나 아니면 내가 직접 피아노로 연주한 것이 전부였기에.

D단조를 들어보지 못했었다.

그나저나.

바그너 쳐죽일 놈이 내 악보에 손을 댔단 말인가!

그 이름을 들어본 적이 있었기에 나는 더욱 분노를 억누를 수 없었다.

"대단하지. 그전까지만 해도 연주가 너무 어려워 묻히다시피 했던 합창을 세상에 다시 알려주었으니까 말이야. 자, 들어보자."

좋다.

그 말 뼈다귀 같은 놈이 감히 내 곡에 무슨 짓을 했는지 들어봐야겠다.

♪

'음.'

한 시간이 조금 넘는 시간.

나는 생각보다 녀석이 괜찮게 수정을 했다는 것을 인정할 수 있었다.

"어때? 베토벤의 9번 교향곡은 정말이지 완벽하다는 말 이

외에는 표현할 길이 없구나."

이것은 내가 작곡, 지휘했었던 D단조라고 할 순 없다.

정말 많은 변화가 있었다.

굳이 바그너가 수정한 부분이 아니더라도, 연주 시간부터 내가 의도한 것보다 길다.

'뭐 지휘자들마다 해석은 다를 수야 있겠지만. ……확실히 10번을 만들기 전의 실험작이라 수정의 여지가 있긴 했지.'

D단조는 내가 준비하고 있었던 열 번째 교향곡을 만들기 위한 실험작이었다.

그러나 분명 당시에 사력을 다해 만든 것만은 확실하다.

지금, 소리를 찾았고 변화하고 발전한 지금의 음악을 들었기에 수정하고 싶은 부분이 몇몇 있는데.

문제는 '곡 해석이 다르다'라는 영역을 넘어서 뭔가 내가 죽은 뒤 무슨 문제가 있는 것은 아닌지 싶을 정도 원곡과 다르다는 점이었다.

분명 바뀐 것도 좋다만.

내가 의도했던 것과는 분명 다르다.

"하하! 도빈이가 감동했나 보구나. 어때? 이런 곡 만들 수 있겠니?"

"조용히 좀 해봐요."

고민 중인데 옆에서 자꾸 시끄럽게 구는 터라 구박을 해주었다.

그리고 잠시간 시간을 두고 고민 끝에 고개를 돌렸다.

"아저씨."

"으, 응?"

히무라가 불쌍하게 풀이 죽어 있다.

그러나 그런 것을 신경 쓸 때가 아니다.

이 문제를 해결해야만 2010년 겨울에 개봉할 영화의 테마 곡을 오케스트라로, 현대에 맞춰 작곡할 수 있다는 생각이 들었기 때문이다.

"이거 악보 좀 구해다 주세요. 가장 많이 연주된 걸로요. 아니다. 루트비히 판 베트호펜의 교향곡이면 전부 다요. 녹음된 것도 다 구해주세요."

"다?"

"다."

♪

빠빠빠빠빰- 빠빠빠빠빰-

빰빰빰빰! 빰빰빰빰!

빠바바바 빠바바바-

기가 차서 말이 안 나왔다.

나카무라가 구해다 준 것 중에 가장 많은 것은 5번 교향곡 C단조였다.

5번 교향곡만 무려 70개가 넘었는데, 나는 그것들을 들으면서 하나같이 다른 1악장 테마에 어이가 없을 수밖에 없었다.

물론 지휘자에 따라 곡을 어떻게 해석하는지에 따라 연주는 달라질 수 있고 그래서 한 번의 연주가 소중한 법이다.

그런데 그 누구도 내가 바라던 1악장을 연주하지 않았다.

아니, 1악장뿐만이 아니다.

비단 C단조만이 아니라 내 곡을 정확히 연주한 것을 찾아볼 수가 없었기에 나는 이러한 의문을 히무라에게 전달.

사카모토 료이치에게 물었다.

사카모토 료이치는 껄껄 웃으며 답을 전해주었다는데, 히무라는 그의 흉내까지 내면서 내게 실감나게 답변을 통역해 주었다.

"껄껄. 악보가 그렇게 알아보기 힘드니 당연하지 않겠나. 본인이 아니고서야 완벽하게 알 수 있을 리가 없지. ……뭐, 이건 반은 농담이네만. 아무래도 곡의 깊이가 있으면 해석이 달라질 수밖에 없네. 무엇보다, 당시에 비해 연주법과 곡을 해석하는 관점이 달라졌으니 여러 요인으로 다를 수밖에 없는 게지. 아마 베토벤 본인이 의도한 대로 연주하는 사람이 있다면 꼭 한번 듣고 싶군. ……이건 그리 중요한 말은 아니네. 아무튼 이렇게 말씀하셨단다."

다른 대답은 이미 나 역시 알고 있는 것이다.

또 마지막에 사족처럼 붙은 '베토벤 본인이 의도한 대로 연주'라는 말에는 본래 욕심을 내고 있던 일이라 공감했다.

'언젠간 내 곡을 직접 지휘해 보고 싶긴 한데. 오케스트라에는 어떻게 들어가지?'

그러나 악보를 알아보기 힘들다니.

내가 무엇을 위해 악보를 필사하는 사람을 구했단 말인가.

내게 돈을 받아가며 필사를 한 녀석들을 잡아다가 흠썬 혼을 내주고 싶었다.

"도빈아, 그런데 영화 테마곡은 좀 어떠니? 이렇게 음악 공부를 하는 것도 좋지만 사카모토 선생님께서 진척 상황을 궁금해하신단다."

"이제 만들 거예요."

"이, 이제?"

내 곡을 어떻게 연주했는지 관심 있게 찾아 듣다 보니 시간이 꽤 흘렀지만.

덕분에 현대의 오케스트라에 대해 어느 정도 감은 잡을 수 있었다.

언젠가는 꼭 내 곡을 내가 지휘해서 제대로 된 모습으로 세상에 들려줘야겠다는 생각을 하며.

나는 다시 영화 주제곡을 만들기 위해 힘썼다.

다섯 달이 흘렀다.

지난 5개월 동안 첫 앨범의 세 번째 곡, 'Freund(벗)'과 네 번째 곡인 'im Dunkeln(어둠 속에서)'를 완성하였다.

더불어.

다시 태어난 뒤 만든 곡 중 가장 완성도 있게 만들었다고 자부하는 '죽음의 유물'에 사용될 테마곡.

'die meiste Hoffnung'을 완성하였다.

아니나 다를까.

공연 차 한국에 들린 사카모토 료이치는 때마침 완성된 내 악보를 보곤 벌써 한 시간째 감탄을 흘리고 있었다.

'die meiste Hoffnung(가장 큰 희망)'의 구성은 기본에 충실했다.

1악장을 F단조로 시작하여 긴장감을 주었고.

2악장에서는 1악장에서 제시한 테마를 길게 늘였다. 비올라, 제2바이올린, 첼로, 제1바이올린, 콘트라베이스 등을 대위법에 맞추었다.

그에 따라 위기 전 고요함을 표현하는 것 역시 잊지 않았으며.

3악장은 내가 으레 그러했듯 3박자의 스케르초를 이용했다.

가장 신경을 썼던 부분으로, 위기감을 조성하는 데 음 변화를 격렬하게 배치하였다.

마지막 4악장은 전혀 다른 주제를 제시하며 다시 한번 1악장에서 사용했던 주제를 환기.

내가 즐겨 사용했던 론도 형식을 따랐다.

집중하여 악보를 살핀 사카모토 료이치가 크게 웃으며 기뻐하는 것을 보니 나 역시 기분이 좋아진다.

"하하하! 이거, 믿을 수가 없군."

히무라가 료이치의 말을 통역해 주었다.

"나카무라 군, 자네도 이 악보를 보았는가? 대단해. 정말 대단해! 하하하!"

"저도 깜짝 놀랐습니다. 역시 선생님께서도 좋게 보시는군요."

"그럴 수밖에! 연주를 들어봐야겠지만 내 생각보다 훨씬 훌륭하네. 아니, 믿을 수 없어. 정말 믿을 수가 없군그래!"

나카무라와 이것저것 이야기를 나누던 사카모토 료이치가 다시 한번 악보를 훑고는 말했다.

"흐음. 도빈 군이 확실히 베토벤을 좋아하긴 하나 보군. 스케르초와 론도라."

역시 귀신같은 친구다.

루트비히 판 베트호펜을 가장 좋아하는 사람은 바로 나 배도빈이다.

"무엇보다 테마가 인상 깊구나. ……그런데 이 표시는 악센트인가?"

사카모토 료이치가 한 곳을 가리키며 물었다.

나는 그가 지목한 부분을 확인하곤 고개를 저었다.

"데크레셴도예요."

"음?"

사카모토 료이치가 악보를 가까이 했다가, 팔을 쭉 펴 멀리하면서 그 부분을 다시 한번 확인했다.

그러나 뭔가 신통치 않은 표정이다.

"이건 체크를 해두는 게 좋겠구나. 혹시 이건?"

"누가 봐도 테누토잖아요."

"……그렇구나."

료이치가 내 답을 들으니 슬그머니 빨간색 볼펜으로 그 부분에 짧게 작대기를 그었다.

악보를 보다 고개를 들어 사카모토 료이치를 불만스럽게 보니.

"아아, 이게 좀 길어서 말이지. 보렴. 약간 휘었는데 삐져나와 헷갈릴 수 있잖니."

악보를 쓸 때는 항상 그 음을 상상하면서 그 감정을 녹아내야 하는 법인데.

나의 그 표현을 알아주지 못하다니.

사카모토 료이치라면 나를 이해해 줄 거라 생각했건만 안타까운 일이다.[9]

"으음. 지우고 다시 쓴 부분이 많아 헷갈리는 부분이 조금 있군. 아무래도 이거 녹음하는 데 도빈 군도 함께 가야 할 듯한데? 어떻게 생각하시는가, 도빈 군."

당연한 일이다.

내 곡을 연주하는데 내가 들어야지, 누가 듣는단 말인가.

앞서 내 곡이 내 의도와 작게, 크게 달리 연주되는 것을 확인한 만큼 반드시 확인할 생각이다.

"갈래요."

"하하. 좋지. 도빈 군은 이번에 미국이 처음일 듯하군. 아마 로스앤젤레스 필하모닉이라면 자네의 마음에 쏙 드는 연주를 해줄 것일세."

"미국?"

히무라가 통역해 준 미국이란 나라가 어디에 있는지 궁금해졌다.

....

9) 부록-베토벤의 악필

뭔가 어머니와 함께 TV를 보는 와중에 들어본 것 같은 느낌인데.

영어를 쓰는 곳이라는 히무라 프로듀서의 부연 설명에 나는 예전 영국의 식민지를 떠올려볼 수 있었다.

독립을 했다는 건 들어본 것 같은데.

그곳에 대해 아는 바가 없었기에 쓸데없는 일에 신경 쓰지는 않았다.

중요한 건 비록 형식은 가장 '고전스러운', 내가 살던 시대의 빈의 느낌이지만 현대에 맞게 맞춘 나의 새 교향곡이 어떻게 연주되는 것이다.

잔뜩 기대될 수밖에 없었다.

"이거 아버님과 서류 좀 만들어야겠는데."

"아, 여행 비자?"

"응. 도빈이가 있을 것 같진 않고. 아, 이번에도 어머님께서 함께 가시려나?"

나카무라와 히무라가 대화하고 있는 사이, 나는 오랜만에 만난 사카모토 료이치와 피아노를 함께 치며 시간을 보냈다.

"모차르트의 D장조 소나타라. 어지간히 좋은가 보구나. 하하!"

역시, 좋은 음악 친구다.

"……."

나는 내 귀가 다시 잘못된 줄 알았다.

비행기를 타는 것에 이제 크게 거부감은 없지만 멀미마저 극복한 것은 아니었는데.

히무라 프로듀서가 한 말은 너무도 충격이었다.

"몇 시간이라고요?"

"11시간 30분 정도 걸릴 거야."

"……."

이 여정에 대해 다시 한번 생각해야 할 듯싶다.

일본으로 가는 1시간 남짓도 버티기 어려운데 그보다 훨씬 긴 시간을 버틸 자신이 없었기 때문이었다.

"하하하. 괜찮을 거란다. 푹 자고 일어나면 비행기가 흔들리는 곳보다 높이 있을 거야."

'가장 큰 희망'가 녹음되는 현장을 반드시 봐야만 했기에.

나는 어쩔 수 없이 고개를 끄덕였고.

무더운 8월.

캘리포니아 주 로스앤젤레스 국제공항으로 향했다.

♪

"환영합니다, 료이치 사카모토."

"반갑습니다, 존 리처드."

이 역시 나이깨나 먹은 남자가 사카모토 료이치를 환영하였다.

원래 미국에서 살았다고 하더니, 사카모토 료이치는 영어를 꽤 능숙하게 하는 것처럼 보였다.

나 역시 영국에는 공연 여행이라든지 그런 이유로 몇 번 다녔기에 글은 조금 읽을 수 있지만.

들어본 적은 많지 않아 두 사람이 무슨 말을 하는지는 알아들을 수 없었다.

'메슥거려.'

속이 울렁거려 어머니에 이끌려 걷고 있었는데, 존 리처드란 남자가 어머니께 정중히 인사를 하였다.

"이야기는 들었습니다. 존 리처드입니다."

"안녕하세요, 유진희입니다. 도빈이 엄마예요. 잘 부탁드립니다."

"저야말로 방문해 주셔서 감사합니다. 잘 부탁드립니다."

어머니께서는 유창하게 영어로 대화를 나누셨는데, 독일어를 알고 계신 것도 그렇고 신기할 따름이었다.

"그리고."

존 리처드가 싱긋 웃으며 나를 내려다보았다.

"네가 'Auferstehung(부활)'을 작곡한 친구로구나."

그러고는 손을 내밀어 악수를 청해왔다.

"안녕하세요. 배도빈이에요."

통역가 누나가 존 리처드의 말을 전해주었고, 내 말을 그에게 전달했다.

엑스톤의 공식 일정이 아니었기에 이번에는 나카무라와 히무라는 함께 오지 않았다.

대신 엑스톤에서 비자라는 통행증 비슷한 것을 발급받는 걸 도와준다든지, 우리나라 말, 일본어 그리고 영어까지 능통한 통역가를 붙여주는 등 여러 면에서 배려해 주었다.

참 고마운 사람들이다.

뭐, 어머니께서 영어를 하시는 걸 보니 통역은 크게 필요 없는 것처럼 보였다만.

아무튼 존 리처드가 내민 손을 잡자 그가 몇 번 위아래로 흔들며 나를 환영했다.

그는 사람 좋은 미소를 지은 뒤 길쭉한 자동차에 나와 어머니 그리고 료이치와 통역가를 태웠다.

'신기하게 생긴 차네.'

이렇게 생긴 자동차는 처음이었기에 나는 꽤 흥미를 가질 수밖에 없었다.

보통 차보다 내부가 훨씬 넓고 안락했기 때문이다.

"밀크 소다 한잔할래?"

"네."

존 리처드가 뭔가 내게 음료를 권했기에 그것을 받아 마셨는데, 입안이 톡톡 튀면서 생전 처음 먹어보는 기분이 들었다.

'맛있어.'

"이게 뭐예요?"

"탄산음료라고 하는 거야. 많이 마시면 이 상하니까 조금만 마셔야 한다?"

어머니께선 '탄산 일부러 안 주고 있었는데'라는 조금 서운한 말을 덧붙여 중얼거리셨다.

이렇게나 놀랍도록 맛있는 음료를 지금까지 안 주셨다니.

밀크 소다라는 것을 마시다 보니, 어느새 자동차가 멈추었다.

호텔 앞이다.

"오늘은 푹 쉬도록 하시죠. 녹음은 모레부터입니다. 내일 모시러 오죠."

"고맙습니다, 존 리처드."

"고맙습니다."

어머니께서도 인사를 하시기에 나 역시 존이라는 남자에게 인사를 했고.

배정된 방으로 들어섰다.

또 어머니와 단 둘이 있기엔 과분할 정도로 화려한 방이었는데.

그날 저녁 디저트로 나온 시폰 케이크를 먹곤 악상이 번뜩여, 본래 카레를 생각하며 썼던 다섯 번째 곡 'Himmel(천국)'에 쓸 3악장을 다시 써야겠단 생각이 들었다.

"엄마, 이거 맛있어요. 더 드세요."

"엄마 주는 거야?"

"네. 맛있어요."

시폰 케이크가 너무도 맛있었기에 어머니께 그것을 권해드리기 위해 접시를 밀어내니, 통역하는 아가씨가 '카와이'라고 하였다.

내 기억이 맞다면 '귀엽다'라는 건방진 발언일 것이다.

일본에서 초콜릿을 주던 통역 누나가 몇 번이나 말했기에 기억하고 있다.

"고마워. 엄마는 괜찮으니까 도빈이 많이 먹어."

어머니는 기특하다는 듯 내 머리를 쓰다듬으셨고.

나는 이 천상의 맛을 어머니와 함께 나누길 바라여 몇 번 더 권해드렸다.

그러더니 못 이기시는 척 한 입 드신 뒤 내가 온전히 그것을 먹을 수 있게 하셨다.

"음악만 아는 친군 줄 알았더니 이제 보니 효자구나. 하하."

"도빈 군이 효자라고 하시네요."

이렇게나 훌륭하신 부모님이 또 어디 계시다고.

이런 것뿐만이 아니라 빨리 돈을 많이 벌어 어머니, 아버지께 근사한 집을 사드리고 싶었다.

문득 그런 생각을 하자 이번 작업에 대한 보상이 궁금해졌다.

"료이치, 이거 돈은 얼마나 벌어요?"

통역가에게 내 말을 전해 들은 료이치가 아 하는 감탄사를 낸 뒤 냅킨으로 입가를 닦았다.

"그러고 보니 그걸 말해주지 않았구나. 내 정신 좀 보게. 하하."

……이 친구 보게. 어디 잊을 게 없어서 그런 걸 잊는 겐가.

"아마 나카무라를 통해 계약서가 전달될 테니까 궁금할 테니까 미리 말해주겠네. 우선 수당으로 100만 엔이 지불될 걸세. 이건 선불이고…… 저작권은 도빈 군에게 있으니 '가장 큰 희망'의 추가적인 수입은 분할을 해야 하는데, 5할로 책정되었네."

'100만 엔이라면……'

계약금 1,500만 엔이 1억 5,000만 원 정도였으니 천만 원 정도가 될 것이다.

이 역시 큰 금액이지만 아버지께서 알려주신 집을 사려면 필요한 돈에는 여전히 못 미친다.

2010년 3월과 6월에 각각 한 번씩 '부활'의 싱글 앨범 정산액을 받았는데.

3월이 3,000만 원. 6월이 350만 원이었다.

계약금 1억 5,000만 원에 선불 100만 엔을 더하면 약 1억 9,350만 원이니 아직은 멀었다.

"도빈이 부자네?"

어머니께서 살짝 웃으시며 내 입가를 닦아주셨다.

"집 사려면 부족해요."

"……"

어머니께선 말을 잊으셨고, 사카모토 료이치는 통역가에게 무엇인가를 슬쩍 물었다.

아마 내가 무슨 말을 한 건지 물어보는 걸 테다.

"도빈아, 엄마랑 아빠는 괜찮아. 도빈이가 음악만 즐겁게 할 수 있으면 그걸로 되는 거야. 알았지?"

"하하하. 이거, 인터뷰 기사를 보긴 했지만 정말 감동이군. 도빈 군, 만일 이번 일로 큰돈을 벌어 어머님께 집을 사드리고도 돈이 남으면 어쩔 텐가?"

사카모토의 말을 통역 아가씨가 전달해 주었고.

나는 당연하다는 듯 말했다.

"저도 집 사서 나가야죠."

"……"

"……음?"

"……아."

갑자기 찾아온 정적.

통역가가 뒤늦게 의문을 품은 사카모토 료이치에게 내 말을 전달했다.

그러는 사이 어머니께서는 당황하셔서 내게 물으셨다.

"도빈아? 엄마랑 아빠랑 같이 살아야지. 어딜 나가? 응?"

아.

곡이 잘 안 나올 때는 혼자 있고 싶기도 한데(예전에는 종종 소리를 지르기도, 컵 같은 것을 던지기도 했다), 어머니와 아버지께서 계시기에 아무래도 불편한 감이 있었다.

그런 모습을 보셨다간 놀라는 것은 물론, 당황하고 걱정하실 게 뻔한 일이니까.

사실 부모님을 사랑하는 것은 사실이지만 몸만 크면 독립은 되도록 빨리 하고 싶었는데.

나도 모르게 그 말을 꺼내버렸다.

어머니껜 너무 이른 말일지도 모르겠다.

"하하하하! 이거, 벌써부터 독립을 꿈꾸고 있었구만!"

어머니께서 무척 서운하다는 듯, 또 걱정스럽다는 듯 나를 보셨다.

다음 날 이른 저녁.

존 리처드가 우리를 데리러 왔다.

한참을 이동하고 차에서 내리니 이상하게 생긴 건축물이 보였다.

벽면이 휘어 있는 것으로도 모자라 각자 자기 멋대로 있는 건물을 보며 무너지진 않을까 걱정이 되었다.

그럼에도 그 은빛 건축물은 묘하게 사람을 이끄는 매력이 있었다.

"모던하네요. 정말 멋있어요."

어머니께서 입을 떼셨다. 당연하게도 영어라 알아듣지는 못했지만.

"하하. 아직 감탄하시기엔 이릅니다. 시간이 있으시다면 따로 예약을 해드리겠습니다. 도슨트 리드 투어라고 점심시간에 마련된 가이드가 있으니까요."

"도빈이가 좋아하겠네요."

존 리처드가 뭐라 뭐라 답하고 어머니께서 웃으며 고개를 끄덕이는 걸 보면 즐거우신 듯하다.

그렇게 대화를 나누며 존 리처드는 그 은색의 곡선 벽면 가운데 뚫린 길로 나와 어머니 그리고 사카모토 료이치를 안내했다.

"멋지지? 프랭크란 친구가 디자인했단다."

존 리처드가 이번에는 내게 뭐라 말했지만 알아들을 수 없어서 무시했다.

'사람 정말 많네.'

서울에도 사람이 많다고는 생각했는데 이곳은 더욱 북적인다.

서둘러 걷는 사람, 서 있는 사람, 일행과 대화를 나누는 사람 등등 모든 사람이 머리색과 피부색도 달랐고 정말로 다양했기에 나는 눈이 휘둥그레졌다.

"도빈아, 손."

그렇게 사람 구경을 하는데 어머니께서 손을 내미셨다.

안으로 들어갈수록 복잡해졌기에 나도 혹시나 미아가 되진 않을까 싶어 어머니의 손을 꼭 쥐었다.

말도 통하지 않는 곳에서 길을 잃었다간 어떻게 될지 모르는 일이다.

"아."

인파를 헤치고 지나자 곧 넓은, 내가 이제껏 보지 못했던 크기의 홀이 나왔다.

내가 고개를 들어 사카모토 료이치를 올려다보니, 그가 싱긋 웃으며 말해주었다.

"로스앤젤레스 필하모닉 콘서트에 초대받은 걸세."

"초대?"

사카모토의 말 중에 초대라는 말을 알아들을 수 있어 되묻자 그가 짐짓 놀란 듯했다.

그러나 이내 평소대로 대답을 했고, 그것을 통역가 누나가 전달해 주었다.

"곧 로스앤젤레스 필하모닉의 콘서트가 시작되는데, 존 리차드가 힘을 써주었지. '가장 큰 희망'을 연주해 줄 사람들이니 기대해도 좋네."

사카모토의 말을 전해 들은 뒤 고개를 힘차게 끄덕였다.

정말로 기대되었기 때문이다.

그렇게 발을 다시 옮겼는데.

"와."

"어머나."

나와 어머니 그리고 통역을 위해 함께한 아가씨도 내부에 들어서고 놀라고 말았다.

정말 휘황찬란했기 때문이다.

잘려진 구 형태의 홀이 황금빛으로 빛나고 있다.

나중에 안 사실이지만 일본은 물론 전 세계적으로 유명한 사카모토 료이치가 제작자 신분으로 온 덕분에 좋은 좌석에 자리할 수 있었다.

현대의 'Orchester(관현악단)' 연주를 직접 듣는 것은 처음이었기에 나는 잔뜩 기대를 하였다.

이들이 'die meiste Hoffnung(가장 큰 희망)'을 연주해 줄 사람들이라고 하니 콘서트에 더욱 집중할 수밖에 없었다.

연주자들이 모두 자리를 잡았고 잠시 뒤 지휘자로 보이는 남자가 단상에 서서 인사를 했다.

　그는 오케스트라 구성원들과 시선을 교환한 뒤 마지막으로 악장을 보았고, 고개를 끄덕인 뒤 두 손을 올렸다.

　'만프레드 서곡인가.'

　참으로 아름다운 선율이다.

　슈만은 그 풍부한 수직적 음 배치뿐만이 아니라 전개에 있어서도 번민하는 감성을 놀랍도록 잘 풀어나갔다.

　그의 관현악을 들었을 때는 감탄할 수밖에 없었고 동시에 그가 나와 상당히 유사하다는 생각을 했었다.

　그러나 지금 집중해야 할 것은 연주 그리고 지휘자의 곡 해석과 지휘.

♬♪♪

　역시나.

　사카모토 료이치가 세계적인 오케스트라라고 설명해 주었던 것처럼 모두 상당한 실력자다.

　모두 자기 역할을 충분히 해내면서 발생하는 시너지는 마치 음표들이 모인 악보와 같았다.

　조금의 엇나감조차 없다.

만프레드 서곡의 악보를 보지 못했기에 확신할 순 없지만 지휘자의 곡 해석 역시 마음에 든다.

그는 슈만이 표현하고자 했던 감정 변화를 상당히 강조하였는데, 내가 들었던 녹음본과는 달랐기에 고개를 끄덕였다.

현재도 뛰어난 음악가가 많다는 것에 나는 다행이라 생각했다.

첫 연주를 듣고 나서는 마음이 차분해져 음악을 온전히 즐길 수 있게 되었다.

저들의 실력을 확인한 덕분이다.

'이건 처음 듣는 곡이군.'

다음은 C단조, 알레그로(Allegro)로 시작하는, 처음부터 팀파니가 앞서는 곡이었다.

그러나 이내 밀려드는 압도적인 선율의 파도에 나는 압도되었다.

그렇게 음들이 여럿 함께하는데도 소리가 깔끔한 것을 보면 확실히 이 로스앤젤레스 필하모닉의 수준이 뛰어남을 다시금 확인할 수 있었다.

이러한 앙상블이라면 그 음이 조금이라도 틀렸다간 금방 전체가 무너질 수 있기 때문인데, 이 조화로운 연주가 깨지는 일은 없었다.

이런 곡이라면 어지간한 오케스트라는 연주할 엄두도 내지 못할 것이기에.

나는 이 곡을 연주하는 저들에게 감탄하며 동시에 이 훌륭한 곡을 가슴 깊이 받아들였다.

로스앤젤레스 필하모닉은 완벽했다.

"두 번째 곡은 뭐였어요?"

"아아. 브람스 말이로군."

"브람스?"

"요하네스 브람스라고 한다네. 위대한 음악가지."

사카모토 료이치의 말을 전해 듣곤 나는 그의 이름을 기억했다.

기회가 된다면 그의 음악을 찾아 들어봐야겠다는 생각을 하며, 일행과 저녁을 먹은 뒤 호텔로 돌아왔다.

다음 날.

'가장 큰 희망'의 녹음을 듣기 위해, 나와 사카모토 료이치는 존 리처드의 안내를 받아 다시 한번 로스앤젤레스 필하모닉을 찾았다.

조금 늦은 아침, 조금 이른 점심을 먹고는 들렀는데.

어머니께서 존 리처드가 월트 디즈니 콘서트홀을 안내받을 수 있게 해주었다고 말씀하셨다.

덕분에 요상하게 생긴 건물 이곳저곳을 구경하였는데 솔직히 조금도 관심이 없어 지루하게만 느껴졌다.

"왜, 도빈아? 재미없니?"

"네."

가장 중요한 일을 두고 돌아가는 느낌이라 몸이 달아오를 뿐이라 결국에는 30분쯤 흘렀을 때 어머니의 손을 이끌고 사카모토 료이치가 기다리고 있는 장소로 돌아갔다.

그곳으로 때마침 한 남자가 나와 비슷하게 도착했다.

어제 그의 지휘에서 상당한 인상을 받았기에 우리를 마중 나온 나이 많은 남자에게 호감을 가지고 있었다.

"반갑네, 료이치 사카모토."

"하하. 1년 만으로군. 건강해 보이네, 토마스 필스 경."

사카모토 료이치와 인사를 나눈 로스앤젤레스 필하모닉의 지휘자는 어머니께도 정중히 인사를 건넸다.

"환영합니다, 미시즈 유."

"안녕하세요, 토마스 필스 경. 초대해 주셔서 감사합니다."

"별말씀을. 배도빈 작곡가와 함께할 수 있어 기쁠 뿐입니다."

그렇게 어머니와도 인사를 나눈 토마스 필스라는 사람이 내게도 손을 내밀었다.

"정말 반갑네. 토마스 필스라 하네. 로스앤젤레스 필하모닉의 지휘를 맡고 있지."

"안녕하세요."

그의 손을 잡자 그가 가볍게 위아래로 흔들었다.

"단원들을 소개해야 할 텐데, 시간이 부족하니 양해해 주게. 악보는 미리 전달받았으니 미팅부터 바로 시작하지."

고개를 끄덕였다.

영화가 2010년 11월에 개봉 예정이었는데, '편집'이라는 과정을 거쳐야 하고 홍보를 위한 영상에도 음악이 필요한데.

내 수정 작업이 길어졌기에 일정이 촉박하다고 사카모토 료이치가 말해준 적이 있었다.

그 때문에 예고편에는 내 곡이 들어가지 못할 거라는 이야기도 함께.

'예고편은 뭐지?'

영화를 만들고 상영하는 과정에 대해서는 모르지만.

연주회가 있는 날까지 악보를 완성하지 못해 즉흥적으로 연주를 했던 경험이 많았던 것이 떠올랐다.

하지만 이번에는 많은 인원이 필요한 오케스트라곡을 준비했으며, 영화에도 많은 사람이 참여했을 것이 뻔했기에.

나 역시 나름 서두른다고 했는데 그래도 늦은 모양이다.

미팅실에 앉고선 곧장 내가 생각했던, 지휘자가 꼭 알고 있어야 한다고 생각하는 몇몇 부분을 집어 이야기했다.

"여기는 관악부가 강조되어야 해요."

"첼로가 한 대 더 들어가면 좋을 것 같아요. 음량이 커야 더 효과적일 거예요."

"여기는 빠르게. 템포가 늦어지면 안 돼요."

20분 정도 흘렀을까.

하고 싶은 말은 많았지만 중간에 통역을 하는 사람이 내 말을 이해하지 못한 경우도 있어서(아마 내 어휘력이 부족했기 때문이리라) 몇몇 부분은 제대로 전달되었을까, 하고 걱정이 되기도 했다.

마음 같아서는 내가 직접 지휘를 하고 싶지만 아마 그것은 어려울 거라고 사카모토 료이치가 말했다.

확실히 연주자들과의 호흡 문제부터 '5살 아이'의 지휘를 제대로 들을 사람이 있을까, 하는 생각이 들어 그 마음을 잠시 접어둬야 할 듯했다.

"흠."

그간 잠자코 내 말을 듣기만 했던 토마스 필스가 악보를 다시 한번 조율하는 것처럼 보였다.

그러더니 이내 펜을 내려놓곤 사카모토 료이치를 보며 웃었다.

"실은 자네가 담당한 곡 중에 하나를 아이에게 맡긴다고 해서 의심이 되었다만, 이거 내가 잘못 생각한 듯하네."

"하하하. 내가 뭐라 했는가."

"믿을 수가 없어. 작곡을 하는 것뿐만이 아니라 악보를 적고, 이 악보가 어떻게 연주될지에 대해 정확히 꿰뚫고 있다니 말이야. 어쩌면 자네보다 나은 거 아닌가?"

"이런. 들켰나 보군. 하하하!"

"하하하!"

두 사람이 뭐라고 떠드는지 모르겠지만 기분이 좋아 보인다.

"녹음은 3일간 진행할 걸세. 자유롭게 들어도 좋지만 기왕이면 완성한 것을 들려주고 싶군. 우리의 작은 음악가가 기뻐할 수 있게 말이야."

토마스 필스의 말을 들은 사카모토 료이치가 통역가에게 눈길을 주었다.

그러더니 통역 아가씨가 내게 토마스 필스의 말을 전달해 주었다.

믿을 만한 실력자인 것은 맞지만 내 곡을 어떻게 연주하는지는 꼭 한번 확인하고 싶었기에 나는 내일 들리고 싶다는 뜻을 내비쳤다.

"언제든지 환영하겠네."

토마스 필스가 다시 한번 내게 악수를 청했다.

내 교향곡들이 내 의도와 조금씩 다르게 연주되었기에 걱정했던 나로서는 걱정이 될 수밖에 없었다.

그러나 로스엔젤로스 필하모닉의 연주는 내 마음에 쏙 들었다.

물론 내가 의도한 모든 것을 지킨 것은 아니었지만 허용 범위 내에서 그들의 스타일에 맞게 정말 잘 연주를 하였다.

하루 그들의 연주를 들었던 나는 이내 그 걱정을 완전히 떨쳐 버릴 수 있었고.

나중에 완성된 곡을 다시 한번 듣기로 약속한 뒤 어머니와 즐거운 시간을 보냈다.

단지 사카모토 료이치가 생각지도 못한 이야기를 꺼냈을 때 놀랐을 뿐이다.

"도빈 군, 악보를 적는 법을 다시 익혀야 할 것 같네."

"왜요?"

"도빈 군의 악보는 알아보기 너무 어려워. 이번에는 직접 와서 그것을 수정하고 미팅을 통해 오류를 줄였지만 다음에도 이럴 수 있다는 보장은 없지 않은가."

사카모토 료이치의 말이 무슨 뜻인지는 이해할 수 있었다.

"악보에도 감정을 담아야 보는 사람이 느낄 수 있어요."

"그건."

이 부분은 사카모토 료이치도 생각지 못했던 일이었는지 잠시 고민하더니 고개를 끄덕였다.

"확실히 그건 좋은 일이군. 그럼 함께할 수 있도록 해야겠지. 감정을 담아 열정적으로 쓰되 남이 알아볼 수 있도록 쓸 수 있게 노력해 보게. 내가 도와주지."

이번에는 내가 당황했다.

사카모토 료이치의 말이 틀리지 않았기 때문인데.

나는 지금까지 내가 악필이라는 생각을 조금도 하지 않았기 때문이었다.

"제 악보가 그렇게 보기 어려워요?"

"음. 어렵지."

"……."

"실은 자네가 사인을 해준 것도 한국인 친구에게 보여주었더니 무슨 글씨인지 못 알아보더군."

료이치가 이렇게 말할 정도면 정말 그런가 싶어 나는 고뇌에 빠졌다.

확실히 타인의 악보를 보면서 깔끔하다고 생각한 적이 몇 번 있었다.

그중에서도 발군이었던 것은 '프란츠 페터 슈베르트(Franz Peter Schubert)'.

그의 악보는 수정이 거의 없었는데, 알아보기도 쉬웠다.

안젤름 휘텐브렌너는 그가 너무 가난했기 때문에 악보를 살 돈마저 부족했던 터라, 조심스레 사용했다는 말을 해주었다.

죽기 얼마 전에 그의 악보를 처음 보곤 조금이라도 일찍 그를 만났더라면 하고 아쉬웠던 기억이 떠올랐다.

갑자기 옛 생각이 떠올랐지만, 사카모토 료이치의 말을 수용할 필요가 있다는 생각을 하면서 나는 시폰 케이크를 먹었다.

"도빈아, 더 줄까?"

"네."

시폰 케이크는 맛있다.

로스앤젤레스 필하모닉의 연주회를 들으며 즐거운 날을 보내다 보니 어느새 미국에서의 마지막 날이 찾아왔다.

"그럼 잘 부탁하네, 토마스 필스 경."

"걱정 말게. 마음 같아서는 이 어린 천재와 함께 있고 싶지만 상황이 여의치 않으니 어쩔 수 없지. 내 힘닿는 데까지 해보겠네."

사카모토 료이치와 인사를 나눈 토마스 필스(로스앤젤레스 필하모닉 지휘자)가 자세를 숙여 나와 눈을 마주쳤다.

경험상, 아이와 눈높이를 맞춰주는 사람은 믿을 만하다.

"도빈 군, 자네의 곡을 연습하면서 크게 감명받았네. 이 곡은 반드시 완벽히 녹음하겠어. 내 기사 작위를 걸고 맹세하지."

군이 통역을 듣지 않아도 그의 표정과 목소리 그리고 그간 볼 수 있었던 그의 지휘자로서의 능력만으로도 나는 크게 걱정하지 않았다.

그나저나 기사 작위라니.

지금은 신분제가 폐지된 줄 알았더니 아직은 남아 있는 모양이다.

"그럼 다음에 보세."

"다음에 봐요, 필스."

"하하! 암. 그래야지! 기대하겠네."

미국에서 나는 4일 동안 로스앤젤레스 필하모닉의 연주를 마음껏 듣는 소중한 경험을 하였다.

'die meiste Hoffnung(가장 큰 희망)'을 연주하는 것도 그러했으며, 자체적인 정기 연주회에도 빠짐없이 참여하면서 영적 충족감을 느낄 정도였다.

그러나 아쉽지만 그들의 일정도 있었기에 'die meiste Hoffnung(가장 큰 희망)'의 녹음이 마치는 순간까지 함께하지는 못했다.

그래도 그들의 연주를 직접 확인했기에 큰 걱정 없이 한국으로 돌아왔는데.

큰 산이 하나 남아 있었다.

우리나라로 돌아온 뒤로 사카모토 료이치가 내준 숙제를 해결해야만 했기 때문.

사카모토 료이치는 헤어지는 그 순간까지 반드시 고쳐야 한다고 신신당부했었다.

그의 말은 대체로 옳았기에, 나 역시 문제점을 인지하고 노력했지만.

"하하하. 아직 손가락에 힘이 없어서 그럴 거야."

"……."

내 글씨는 좀처럼 나아지지 않았고, 히무라는 내게 컴퓨터로 악보를 작성하는 법을 가르쳐 주기로 마음을 바꾸었다.

"도빈아, 예전에 인터넷에 올렸던 것처럼 컴퓨터로 만들어보는 건 어때?"

"컴퓨터?"

히무라는 정해진 것을 활용하기에 아무리 악필(나는 절대로 악필이 아니다)이라도 정확한 악보를 만들어낼 수 있다고 말했고.

그 말에 나는 용기를 얻어 고개를 끄덕였다.

그러나 컴퓨터라고는 사촌형 배영빈의 것밖에 없었고 그마

저도 배영빈이 하루 종일 붙잡고 있는 통에 활용할 수 없었다.

저축액이 있긴 하지만 어머니, 아버지께 집을 장만해 드리는 게 최우선이었기에 함부로 쓸 수는 없었다.

듣자 하니 보통 비싼 물건이 아니기 때문이었다.

"배울래요."

"정말? 한번 배워볼래?"

"네. 그러니까 컴퓨터 사 주세요."

"커, 컴퓨터를?"

착한 엑스톤은 그날로 그들이 마련해 준 내 녹음실에 컴퓨터를 설치해 주었다.

듣기로는 안 그래도 비싼 컴퓨터 중에서도 어마어마한 가격의 물건이라고 하던데.

참 고마운 사람들이다.

계약금이라며 돈도 주고, 음악을 할 수 있는 장소도 마련해 준 데다가 사카모토 료이치와 같은 음악 친구들도 소개해 준 것은 물론.

피아노와 컴퓨터까지 사주니 말이다.

'아주 기특한 사람들이야.'

엑스톤이, 아니, 히무라와 나카무라가 내게 신경 써주고 있는 것은 잘 알고 있다.

언젠가는 그에 대한 보답을 해줄 날이 올 거라 생각한다.

아무튼.

그 날 이후 나는 프로듀서 히무라에게 이것저것 배우기 시작했는데, 히무라 본인도 음악을 만드는 사람이라 어느 정도 말이 통할 거라 생각한 게 오산이었다.

그의 말은 사카모토 료이치와 달리 이해하기 어려웠고, 곡을 만드는 방식 역시 하늘과 땅 차이였다.

히무라는 음악을 코드라는 것으로 만들었는데, 화성악도 제대로 모른다는 사실에 나는 크게 놀랐다.

180년의 시간 차이로 인한 탓인지 모르겠지만 사카모토 료이치는 그러지 않은 걸 보면 히무라가 바보가 맞는 것 같다.

그렇게 음악에 접근하는 방식에 차이가 있는 와중, 거기에 컴퓨터까지 끼니 나는 도무지 히무라의 설명에 따라갈 수 없었다.

그나마 보컬로이드를 사용하면서 마우스를 움직이는 법에 대해선 알고 있었지만, 그것이 컴퓨터로 악보를 만드는 데 그리 큰 도움은 되지는 않았다.

"자, 도빈아 이게 여기에 있으니까 마우스를 움직여서 클릭하고. 저장은 이렇게 하는 거야. 단축키는……. 아, 혹시 실수를 해서 돌이키고 싶을 때는 이렇게…… 하면 된단다. 쉽지?"

"……."

쉽긴 뭐가 쉽다는 건지 이해할 수 없다.

배영빈도 마찬가지였지만 히무라도 남에게 무엇인가를 가르치는 일에는 영 재능이 없는 것 같다.

저번에 지니위즈 시리즈의 스토리를 설명할 때도 마찬가지였던 걸 생각해 보면 확실하다.

"처음이라 그래. 자, 천천히 다시 해보자. 음표는 여기에 있고"

"……."

"오선지라 생각하면 편할 거야. 도빈이가 연필로 그리는 걸 여기서 선택해서 옮기면 되는데, 반복되는 게 있잖니? 그때는 편하게 이렇게 복사를 해서."

"……."

"아, 그렇게 하면 안 돼. 앞에 작업해 둔 게 망가지잖니. 중간중간 저장을 해두는 것도 좋지만 방금 설명해 줬지? 이럴 때는 이렇게 이거랑 이거, 이거를 한 번에 누르면 바로 전 상황으로 돌아올 수 있어."

"……."

"기존에 있던 멜로디를 따오려면 여기를 눌러서 예전에 저장했던 파일을 끌어오거나 하면 돼. 여기서는 음정을 조절할 수 있는데."

"한 가지씩 좀 말해요! 한 개도 모르겠네!"

기껏 의욕을 냈건만.

요즘 한글을 배우는 것도 벅찬데 이해하기 힘든 것까지 배우려고 하니 짜증이 이만저만이 아니었다.

히무라는 자기가 친절하게 설명해 주는 줄로 착각하는데 전혀 말도 안 되는 이야기다.

하나하나 차근히 알려줘도 시원치 않을 판에 있는 대로 많은 이야기를 해대니 그가 무슨 말을 했는지도 기억에 남지 않을 정도였다.

결국엔 폭발하여 차라리 남들이 말하는 내 '악필'을 고치는 게 더 쉽겠다는 생각을 하였는데.

"으음."

고민을 하던 히무라가 다시 입을 열었다.

"그럼 이건 어때? 봐."

"어?"

신시사이저 앞에 앉은 히무라가 연주를 시작하니 컴퓨터 화면에 악보가 만들어지기 시작했다.

너무 놀라서 화면과 히무라를 번갈아 보니 히무라가 웃으며 연주를 멈추곤 마우스를 움직이자.

스피커를 통해 음악이 흘러나왔다.

정신이 번쩍 뜨였다.

연주와 악보를 보고 눈치챘지만 방금 히무라의 연주가 정확히 반복되는 것이었다.

조금의 차이도 없이!

"어떻게 했어요? 어떻게?"

"앞으로 도빈이가 이걸로 연주를 하면 자동으로 악보로 저장을 할 수 있을 거란다. 조작만 하면 바이올린이든 피아노든 무슨 악기든 악보화 하는 게 가능하지."

"왜 이걸 지금 알려줘요!"

"하하. 그러게. 조금만 생각하면 이런 방법이 있었는데. 앞으로 세부적인 조작도 할 줄 알아야겠지만 일단은 이걸로 괜찮지 않을까?"

"히무라 천재야!"

이런 좋은 게 있었으면 진즉에 내놓을 것이지!

귀찮게, 아니, 감정을 불어넣은 기호를 굳이 정자로 적지 않아도.

그렇다고 어려운 컴퓨터 조작법을 익히지 않아도 된다니 더할 나위 없었다.

환영, 대환영이다.

더군다나 연주가 그대로 녹음되고 악보가 되니 수정을 할 때도 편리하단 생각이 들었다.

이거라면 나라도 잘 활용할 수 있을 것 같다.

당장 의자에 앉아 신시사이저에 손을 뻗었는데, 일반 피아노만큼은 아니지만 불편했다.

"히무라 아저씨."

"응?"

"이거 바이올린이랑 연결해도 된다고 했죠?"

"아아. 그럼."

"바이올린 사 주세요."

"……어? 바이올린도 켤 줄 알아?"

고개를 끄덕이니 히무라가 황당하다는 표정을 지었다.

현악기는 5살 때부터 익혀왔다는 걸 알면 까무러칠 것만 같은 얼굴이다.

"그런데 바이올린은 갑자기 왜?"

"아, 이거 신시사이저 조금 불편해서요."

"아, 그거라면 네 피아노에 연결할 수도 있어. 내일 연결해 줄게. 신시로 하는 것과 달리 소리 인식이라 부정확하긴 해도 수정하는 법만 배우면 수월할 거야."

"정말요?"

"그럼."

"아, 근데 바이올린은 사 주세요."

"……응."

다음 날.

오늘도 녹음실에서 시간을 보내고 있었다.

"그나저나 이제 슬슬 연락이 올 때가 되었는데."

신기해하며 신시사이저의 건반을 이것저것 눌러보는 중이었는데 히무라가 일본 말로 읊조렸다.

"무슨 연락이요?"

아무 생각 없이 물었다.

"아아. 저번에 미국에 갔잖니. 그거 녹음이 끝났을 것 같아서. ……도빈아."

"네?"

"너, 너. 일본어는 어떻게."

히무라가 생선 눈알처럼 눈을 동그랗게 뜨곤 말을 더듬었다.

이제는 내가 어떤 곡을 만들어도, 어떤 연주를 해도 놀라는 게 시원치 않았는데 저러는 것을 보니 조금은 만족스럽다.

"그렇게나 많이 들었는데 못 알아들을 리가 없잖아요. 말은 아직 잘 못하지만."

"……"

히무라는 눈도 크게 떴지만 입도 닫을 생각이 없는 듯하다.

좀 더 어울려주고는 싶지만.

내 연주가 그대로 악보가 된다고 하니 그 놀라움에 매료되어 오랜만에 13번 소나타 E플랫장조를 연주하기 시작했다.

내가 가장 좋아하는 곡 중 하나다.

27-2번은 감상적이게 되어 개인적으로는 싫어하지만.

아무튼 연주를 끝내고 나서 악보가 제대로 만들어졌는지 확인하기 위해 모니터를 살피는데, 히무라가 내게 말을 걸었다.

"도빈아."

"왜요?"

"……혹시 너 천재니?"

"맞아요."

별 시답지 않은 이야기를.

히무라는 유능한 것처럼 보이면서도 가끔 이렇게 실없는 말을 하곤 한다.

그나저나.

"……아저씨."

"어, 어. 응. 왜?"

"내 악보 어디 있어요?"

"악보?"

"여기. 여기에 있어야 하는데?"

아무리 찾아도 내가 방금 연주한 E플랫장조의 악보가 없다.

지금의 몸으로서는 꽤 공을 들여 연주한 만큼 어떻게 악보가 만들어졌을지 궁금한데, 찾을 수 없었다.

"아, 그거는 이거 누르고 연주해야 해."

"……?"

"보렴. 마우스로 이 버튼을 누르고."

딩-

히무라가 말을 멈추곤 집에서 이리로 옮겨온 내 미니 피아노의 건반을 누르니.

화면에 음표가 뜬다.

허탈한 마음에 축 처질 수밖에 없었다.

"봐. 신기하지?"

"……히무라 아저씨."

"왜?"

"진짜 싫어."

"어? 나? 갑자기?"

뚜르르르-

뚜르르르-

그때 히무라의 전화기가 울렸다.

히무라는 당황하면서도 일단 전화기를 확인하곤 급히 받았는데, 뭔가 좋은 일인 것 같다.

"네, 히무라 쇼우입니다. 네. 네. 아, 감사합니다. 네. 모쪼록 부탁드립니다. 네. 감사합니다."

저놈의 '하이(네)'라는 말을 몇 번이나 하는 건지 모르겠는데 고맙다고 반복하는 걸 보니 혹시나 녹음이 완성되었나 싶었다.

역시나 아니나 다를까 통화를 끊은 히무라가 방금까지 당황하던 모습과 달리 너무나 기뻐하며 내게 말했다.

"도빈아, 가장 큰 희망의 녹음이 끝났대. 파일 보내준다니까 곧 들어볼 수 있을 거야."

"정말요?"

"그래! 한번 들어보자."

로스앤젤레스 필하모닉이 연주하는 내 관현악곡이라니.

정말이지 기대가 크다.

직접 보고, 들은 뒤 인정한 그들이니만큼 분명 내가 의도한 그대로 훌륭한 연주를 했을 것이다.

"아, 그리고 바로 영화에 삽입될 거라고 하더라. 가만. 상영일이 얼마나 남았지?"

핸드폰으로 뭔가를 찾던 히무라가 다시금 입을 열었다.

"11월 19일. 한국에서는 12월 15일이네. 이제 한 달밖에 안 남았어."

뭔가 들뜬 히무라 때문일까.

나도 조금 설레기 시작했다.

12월 15일.

또다시 찾아온 겨울.

나는 어머니와 아버지의 손을 붙잡고 영화관이라는 곳을 찾았다.

"크다."

용산이라는 곳에 있는 영화관은 엄청나게 큰 건물이었다.

사람이 너무 많아 불편하기는 했지만 그만큼 신기하기도 했다.

대한민국에서는 첫 나들이.

어머니와 아버지께서는 꽤 무리를 하셔서 시간을 내신 것 같은데, 내가 걱정스럽게 묻자 싱긋 웃으며 내 뺨을 어루만지셨다.

장편 영화인 '죽음의 유물'은 이미 미국에서는 한 달 전에 개봉한 모양.

나카무라는 영화 흥행이 정말 잘 이루어지고 있다고 했는데, 다시금 비행기를 10시간 이상이나 타고 미국까지 가서 볼 생각은 조금도 없었기에.

지난 한 달간 히무라가 사 준 바이올린을 켜며 기다렸다.

덕분에 이 몸으로도 바이올린에 제법 익숙해질 수 있었는데, 녹음을 통해 악보를 작성하는 기술에 빠져 바이올린 독주곡만 두 곡을 만들었다.

그렇게 만든 곡은 엑스톤에서 내는 첫 정규 앨범에 들어갈 예정으로, 히무라와 사카모토 료이치는 따로 선물을 해줄 정도로 좋아해 주었다.

"어두워요."

"그치? 발밑을 조심해야 해. 불빛이 보이지?"

"네."

상영관이라는 곳에 들어서자 어마어마하게 넓은 방과 그 안에 빼곡히 들어선 소파. 그리고 믿을 수 없을 정도로 큰 화면이 들어왔다.

영화라고는 사카모토 료이치의 방에서 본 것이 대부분이라 나는 이 놀라운 환경에 내심 감탄했다.

"영화는 언제 시작해요?"

"30분에 시작이니까, 조금만 기다리면 될 거야. 도빈아, 콜라 그만 마실까? 이따가 화장실 가고 싶어질 거야."

"조금만 마실게요."

"도빈이 엄마 말 안 들으면 이 다 썩어요?"

어차피 이는 한 번 빠질 텐데, 어머니께서는 정말 내게 탄산 음료를 주고 싶지 않으신 듯하다.

다시 태어난 뒤 음악을 제외하곤 나를 가장 놀라게 한 것 중에 하나인 이 음료를 포기하려니 아쉬움이 남았다.

그러나 얌전히 어머니께 드리자 싱긋 웃으시며 받아 드셨다.

나중에 아버지에게 사달라고 부탁해야겠다.

그리고 갑작스레 어두웠던 상영관 내부가 더욱 어두워졌다.

놀라서 어머니와 아버지를 번갈아 봤는데, 아버지께서 잔뜩 기대하는 표정으로 말하셨다.

"시작한다, 도빈아."

"아."

시작할 때는 이렇게 어두워지는 모양. 조금 기대된다.

"와, 대박. 긴장감 대박이지 않았어?"

"맞아 맞아. 그 쫓길 때 있잖아. 왜 그런지 모르겠는데 엄청, 뭐랄까. 가슴 졸이게 된다고 해야 하나?"

"진짜 대박. 나 그 음악 나올 때 쿵쿵 하는 소리 나올 때마다 가슴이 다 두근거리는 거 있지."

"맞네. 음악 때문인가? 그래. 그런 거 같다."

두 시간이 넘는 긴 시간 동안 하나의 이야기에 푹 빠져 있다가 나오니 역시나 여운이 길다.

한동안 멍하니 아버지에게 이끌려 다리를 움직일 뿐이었던 나는 로비에 나온 뒤에도 이야기를 곱씹으며 감상에 젖어 있었다.

"여보, 들었어요? 우리 나올 때 학생들이 말하는 거?"

"들었지. 도빈아, 주인공이 도망갈 때 나왔던 음악에 네가 만든 거였지?"

"응?"

아버지의 질문에 문득 정신을 차렸다.

어머니와 아버지께선 한 번 웃은 뒤 제대로 듣지 못했던 질문을 다시 한번 해주셨다.

"네. 맞아요."

그러고는 다른 사람이 내 음악에 대해 잠깐 언급한 것을 전달해 주셨다.

"영화 본 누나들이 도빈이 음악 듣고 좋았나 봐. 우리 도빈이 정말 장하다."

그 말을 들으니 나도 모르게 웃음이 나왔다.

행복하다.

음악을 하는 사람은 기본적으로 자신을 표현하기 위해 움직인다.

그러나 그것이 남에게 감동을 전해줄 수 있는지에 대한 것은 조금 다른 이야기.

단 한 곡의 음악을 만들 때도 나는 어떻게 하면 듣는 사람이 아름답게 느낄까, 가슴을 흔들 수 있을까 고민한다.

그리고 걱정한다.

나의 음악은 완벽하다는 자신감과 확신이 있음에도, 내 완벽한 음악을 이해하고 느끼는 사람이 있을까.

가장 원초적인 감정은 모든 사람이 가지고 있다고 생각하기에 최대한 나 자신에게 솔직한 음악을 하나.

그 걱정만큼은 지금까지.

그리고 앞으로도 반복할 일이다.

그런 생각을 하고 살기에 방금 아버지께서 해주신 말이 반가울 수밖에 없었다.

"엄마도 너무 좋았어. 우리 도빈이가 참여한 영화라고 생각하니까 너무 재밌더라."

어머니께서는 날 꼭 안아주셨고.

나는 더없이 행복했다.

지난날, 첫 번째 여섯 살의 겨울과는 너무나도 다른 따뜻한 날이었다.

♪

"하하……. 이거, 정말 믿을 수가 없군그래."

12월 14일.

사카모토 료이치는 일본의 자택에서 '죽음의 유물' 제작자 중 한 명인 다비드 바론이 보내온 이메일을 확인하곤 고개를 저었다.

그러나 그의 얼굴에는 미소가 가득했다.

받는 사람: 료이치 사카모토

참조:

제목: 일본의 거장에게

내용:

미국에서 만난 지 벌써 두 달이 넘었습니다. 우리는 그간 영화의 마지막 마무리를 위해 분주했고, 개봉 이후에도 마찬가지로 바빴습니다.

'죽음의 유물: 1부'는 기대한 만큼의 성공은 거두지 못했지만, 충분한 성과를 올렸습니다.

이에 음악과 효과음에 자문 역할을 해주신 료이치 사카모토에게 감사 인사를 드립니다.

특히 작업해 주셨던 'Drain'은 영화 전반에 걸쳐 활용될 정도로 훌륭한 곡이었고, 영화에 깊이를 더해주었습니다.

이에 저희는 '죽음의 유물: 1부'에 참여하신 분들께 감사를 드리고자 축하연을 마련하였습니다.

따로 동봉된 일시와 장소를 참고하시고, 부디 자리를 빛내주셨으면 합니다. 감사합니다.

추신. 음악 총감독이었던 알렉스 데스플로 역시 당신의 참석을 매우 바라고 있습니다.

추신. 당신이 추천한 음악가 도빈 배의 'die meiste Hoffnung(가장 큰 희망)'에 관련한 칼럼 기사 링크를 보내드립니다. 제작사로서는 달갑

지 않은 내용이지만, 도빈 배의 음악에 대해서는 공감하는 바, 읽어주
시길 바랍니다. 그를 추천해 주셔서 감사합니다.

　사카모토 료이치는 이메일 마지막에 있는 초청장은 거들떠
보지도 않고 다비드 바론이 남긴 링크를 클릭했다.
　'US ENTERTAINMENT'라는 큼지막한 상단 문구 아래 한
기자의 칼럼 기사가 떠올랐다.

위기의 대작을 살린 소리

　지난달 중순, 역사적인 대작의 마지막을 장식할 '죽음의 유물: 1부'
를 감상하기 위해 영화관을 찾았다.
　킴 언크리치의 '토이 사가3'의 아성을 넘을 수 있는 가능성을 가진
2010년 마지막 작품이었기에 나는 기대를 품고 영화를 감상했다.
　그러나 '죽음의 유물: 1부'는 내 기대에 크게 미치지 못했다.
　단절된 에피소드와 효과적이지 못한 스토리 연출은 이 시리즈의 대
단원인 '죽음의 유물: 2부'를 걱정하게 만들었다.
　그러나 영화 중간에 삽입된 음악만큼은 부족한 연출에도 긴장감을
쥐게 했으며 때때로 내 가슴을 울렸다.
　특히 지니위즈와 그 동료들이 뿔뿔이 흩어져 도망가는 장면과 지니
가 마법부에서 그 지겨운 여자를 공격하고 도망칠 때 사용된 음악은 영
화의 몰입감을 심어주는 역할을 훌륭히 수행했다.

'die meiste Hoffnung'는 가장 큰 희망이란 독일어로, 나는 결단코 이 신인 독일 음악가가 다음 '죽음의 유물: 2부'에도 함께해야 한다고 생각한다.

6살, 첫 친구

"하하하. 이거, 이거. 독일 음악가라니. 이 친구 몰라도 너무 모르는군."

배도빈에 관한 칼럼 기사를 읽는 내내 미소를 지었던 사카모토 료이치는 '독일 음악가'라고 착각한 부분을 읽는 순간 소리 내어 웃었다.

그가 생각하기에도 이번 영화는 크게 잘 만들어진 작품은 아니었다.

그러나 천재적인 음악가 알렉스 데스플로가 음악 감독으로 있으면서, 사카모토 료이치라는 거장이 자문 역할을 하여 영화의 음악만큼은 최고라고 자부할 수 있었고.

또한 그렇게 인정받았다.

그 훌륭한 영화 OST 중에서 단연 으뜸은 역시 사카모토 료이치의 어린 음악 친구, 배도빈의 'die meiste Hoffnung'이었다.

사카모토 료이치는 예의를 차려 진심을 전해준 다비드 바론에게 답장을 보낸 뒤 초청장을 확인했다.

날짜는 2월 11일. 로스앤젤레스였다.

"아, 마침 잘되었군. 도빈 군에게 좋은 구경도 시켜줄 수 있겠어."

사카모토 료이치는 고개를 끄덕인 뒤 엑스톤의 매니저 나카무라에게 전화를 걸었다.

-네, 선생님. 나카무라입니다.

"오랜만일세. 통화 가능하신가?"

-그럼요. 무슨 일이신가요?

"다름이 아니라 도빈 군 스케줄을 물어보려 전화했네. 죽음의 유물 제작사 측에서 초청해서 말이지. 아마 도빈 군에게도 연락이 갔을 텐데. 혹시 받은 이야기 없는가?"

-아니요. 저는 받은 게 없습니다. 영화 OST 작업이라면 엑스톤 외의 일이기에 저희와 연락한 바는 계약 문제를 조율할 때를 제외하곤 없었습니다.

"흐음. 그런가? 그럼 연락은 대체 어디로……."

-아마 그쪽에는 도빈 군과 연락했던 이메일 주소를 가르쳐주었을 겁니다. 히무라가 한국에 있으니 연락해 보도록 하겠

습니다.

"아아. 고맙네. 그럼."

-네. 확인 후 연락드리겠습니다.

통화를 마친 사카모토 료이치는 배도빈의 'die meiste Hoffnung'를 틀고는 눈을 감았다.

이 긴장감 넘치는 전개와 폭발적인 주제.

긴 곡이었지만 전개의 구성이 완벽하다고 생각될 정도로 흠 잡을 곳이 없었다. 아니, 감히 흠을 잡으려 할 수 없었다.

음악을 틀면 어느새 그 격정적인 음에 빠지게 되었다.

그렇게 다시금 그 대작을 모두 들은 뒤 사카모토 료이치가 눈을 떴다.

"이거, 당장 내일을 궁금하게 하는 친구로구만."

당장 내일은 어떤 곡을 들려줄까.

노년의 사카모토 료이치에게는 배도빈과의 만남이 참으로 큰 활력이었다.

그의 삶에 다시금 생기를 불어넣어 준 배도빈이 좀 더 넓은 시야를 가질 수 있도록.

그리고 그의 음악이 보다 널리 알려지도록 돕는 것이 음악을 사랑하는 사카모토 료이치의 최근 가장 큰 관심거리였다.

"그래미 어워드를 보게 되면 좋아하겠지. 시기가 참 잘 맞아 떨어졌어."

사카모토 료이치의 곁에는 배도빈이 지난 한 달간 작곡한 바이올린 독주곡의 악보가 놓여 있었다.

♪

"어? 이게 뭐지?"

배영빈은 메일함을 확인하는 도중 알 수 없는 곳에서 온 이메일을 발견할 수 있었다.

"다비…… 데이비드…… 베컴? 이게 뭐야? 뭐라고 써놓은 거야?"

서브 컬처에 관심이 많은 배영빈은 일본어에는 현지인 정도로 능통했지만, 초등학교 때부터 정규 과목인 영어는 영 몰랐다.

"도빈. 도빈이네! 도빈! 도빈이한테 온 건가? 미국에서?"

그나마 알아볼 수 있었던 단어가 단 하나, 사촌동생 배도빈의 이름이었기에 배영빈은 큰 소리로 옆방에 있을 동생을 불렀다.

"도빈아! 도빈아!"

"……."

"도빈아! 배도빈!"

"아, 왜!"

"이리 좀 와 봐!"

"바빠!"

그러나 이제 말문 좀 트였다고 대들기 시작한 만만치 않은 동생은 배영빈의 말을 듣지 않았고 배영빈은 어쩔 수 없이 의자에서 일어섰다.

"어휴, 진짜. 동생만 아니었음 콱."

말은 혼줄을 낼 것처럼 말했지만 배영빈은 배도빈의 귀여움에 항상 져주는 자신을 기특하게 생각하고 있었다.

한창 집중하고 있는데 배영빈이 나를 불렀다.

가장 중요한 부분이라 방해하는 배영빈을 괘씸하게 여겨 대답하지 않고 있었는데 결국에는 방으로 찾아왔다.

"어? 가랜드 보고 있었구나?"

"바빠. 말 시키지 마."

지구를 침략한 악의 무리에 맞서는 지구방위대의 이야기는 유치함 속에서도 나를 이끄는 무엇인가가 있었다.

집에 있는 시간에는 심심한 나머지 배영빈과 같이 있었는데, 만화나 게임에 관심이 많은 녀석의 영향으로 나 역시 자연스레 현대의 문화에 익숙해지고 있었다.

내가 이 소녀들의 이야기에 빠진 건 모두 배영빈 때문이란 말이다.

내가 TV에 집중하고 있자 배영빈도 슬그머니 옆에 앉아 같이 감상을 했고, 10분 정도가 흘러 하나의 이야기가 끝났다.

"하. 좋네."

"……왜 불렀어?"

"아, 맞다. 미국에서 연락이 왔어. 근데 난 무슨 내용인지 모르겠더라."

"나한테? 미국?"

"응. 영어니까 미국이겠지?"

영국 말이면 영국을 먼저 떠올리는 게 정상 아닌가 싶다가 예전 사고로 생각하면 지금과 맞지 않는 게 많다는 걸 떠올리곤 그냥 넘어갔다.

'미국에서라면……. 녹음 파일은 받았는데?'

짐작 가는 일이 없었음으로 나는 내일 히무라에게 그 사실을 전달해 주리라 생각하고.

다시 요즘 푹 빠져 있는 바이올린 독주곡들을 감상하기 시작했다.

그리고 다음 날.

언제나처럼 나를 녹음실로 데려가기 위해 히무라가 방문했다.

"오늘도 잘 부탁드려요, 히무라 씨."

"하하. 네. 걱정 마십쇼, 어머님. 아, 그런데 혹시 영빈 군이 이메일 받았다는 이야기는 안 했나요?"

"이메일이요?"

"아."

잠시 잊고 있었는데 히무라가 먼저 이메일에 대해 물어보았다.

"받았대요. 미국에서."

질문이 사실이라고 확인해 주자, 히무라가 잘 되었다는 듯 어머니를 보며 입을 열었다.

"그걸 좀 확인해야 할 것 같네요. 어머님, 혹시 지금 바로 나가셔야 하는 건……."

"아니에요. 아직 조금 시간 있어요. 그런데 미국이라니. 혹시 또 녹음 때문에 가야 하는 건가요?"

"녹음은 아니고 이번에 영화 제작진 측에서 죽음의 유물에 참여한 사람에게 감사 인사를 하고 싶다고 합니다. 사카모토 료이치 선생이 도빈 군과 함께 가고 싶다고 하시더라고요."

"으."

고작 감사 인사를 받기 위해 그 먼 곳까지 갈 생각을 하니 벌써부터 싫어졌다.

어머니와 히무라가 동시에 고개를 돌리셨다.

"왜 그러니?"

"인사는 전화로 괜찮아요."

사실 고맙다면 직접 찾아오는 게 예의라고 생각했지만 세계

각국에 있는 그 많은 사람을 다 만나러 다니는 쪽의 입장도 이해되는 바.

전화나 이메일이면 족하다고 생각했다.

"그러니? ……히무라 씨, 사실 이번에는 제가 시간을 내기가 어려워서요. 도빈이가 조금 커서 다시 일을 시작했거든요."

걱정스러운 눈으로 나를 안으신 어머니께선 이내 히무라에게 우려를 표현했다.

어머니의 말씀처럼 나도 조금은 자랐고(이제 제법 내 의지대로 움직일 수 있다) 저녁 시간까지는 매일 히무라와 녹음실에 있다 보니 어머니께도 여유가 생기신 모양.

나를 낳으시고 그만두셨던 일을 다시 찾아보시더니 며칠 전부터는 '학원'이라는 곳에 다니기 시작하셨다.

학원이라는 곳은 대가를 지불하고 지식과 기술을 가르쳐 주는 곳이었고, 어머니께서는 미술을 가르치는 선생님이라고 하는데.

어머니께 그런 재주가 있는 줄은 몰랐던 나로서는 기쁜 일이었다.

적어도 나 때문에 어머니께서 미술적 재능을 발휘하지 못하는 일이 줄어들었으니까.

이제 막 시작하셨으니 시간을 내기도 어려우실 테고 굳이 미국까지 가서 어머니를 곤란하게 해드리고 싶지는 않다.

"아, 그러시군요. 음. 일단 한번 메일 내용을 확인해 보도록 하죠."

"네. 영빈아, 작은엄마가 컴퓨터 좀 봐도 될까? 도빈이한테 온 메일이 있다던데?"

"네."

배영빈은 뭔가 요상한 화면을 치우곤 메일함을 열어주었다.

받는 사람: 도빈 배
참조:
제목: 한국의 은인에게

"도빈 군에게 온 게 맞네요. 다비드 바론이라고 지니위즈 시리즈를 이끌어 온 사람이 보낸 메일입니다. 한국의 은인에게, 라고 시작하네요. 하하."

아주 예의 바른 친구인 모양.

히무라가 본문을 천천히 읽어주기 시작했다.

내용:

안녕하십니까, 제작자 다비드 바론입니다.

저와 죽음의 유물 제작진은 'die meiste Hoffnung(가장 큰 희망)'을 작곡해 주신 도빈 배에게 크게 감사하고 있습니다.

영화를 보셨다면 아시겠지만, 'die meiste Hoffnung(가장 큰 희망)'은 두 개의 중요 장면에 수정 없이 포함시켰으며, 그 외에도 필요한 부분에 짧게 포함시켜 사용하였습니다.

도빈 배의 도움으로 '죽음의 유물: 1부'는 깊이를 더하게 되었으며 이는 제작진과 관객 모두 공감하고 있습니다.

제작사를 대표해 인사드립니다.

감사합니다.

또한 저희는 '죽음의 유물: 1부'에 참여하신 분들께 감사를 드리기 위해 축하연을 마련하였습니다.

메일 하단에 기입된 일시와 장소를 참고하시고, 부디 자리를 빛내주시길 바랍니다.

추신. 로스앤젤레스 필하모닉의 지휘자 토마스 필스 경이 당신의 참가를 꼭 희망한다고 전달해 왔습니다.

"날짜는 2월 11일이네요. 미국 기준이겠죠?"

"네. 역시…… 어려우실까요?"

"아무래도 입시 끝난 아이들이 나가고 학생들이 새로 들어오는 시기라서요. 어쩐담."

어머니와 히무라가 대화를 나누는 도중에 메일 내용을 다시금 되짚었다.

나는 이 얼굴도 보지 못한 다비드 바론이라는 남자에 대해 꽤 호감을 느꼈는데.

지금까지의 다른 사람들과는 다르게 나를 '어린'이나 '천재'라는 식으로 표현하지 않았기 때문이다.

사실 다시 태어나고 발표한 곡이 '부활'과 '가장 큰 희망'뿐이었기에 경우가 많지는 않았지만, 적어도 나를 본 사람들은 내가 아직 어린 것에 초점을 맞추는 경우가 대부분이었다.

나카무라나 히무라 역시 마찬가지.

그것은 내 자존심을 구기는 일이기도 했다.

음악에 관한 일이라면 그 누구보다도 뛰어나다고 자신하고 있기 때문이고, 그런 나의 음악이 단순히 '어린' 것과 더불어 평가 받는 것에 불만을 가져온 바.

사카모토 료이치와 친구가 될 수 있었던 것도 그가 나를 제대로 봐주었기 때문이었다.

싱글 앨범 '부활' 이후에 나카무라가 전달해 준 일본 언론의 평은 죄다 그런 식.

그러나 다비드 바론의 편지는 나의 음악에 대해 진심으로 감사하다는 뜻이 비쳤고, 나는 내심 그를 한번 보고 싶다는 생각을 했다.

"어머님의 심정은 저도 십분 이해합니다. 이번에도 나카무라와 사카모토 료이치 선생이 동행할 텐데 혹시나."

"그래도 안 돼요. 히무라 씨가 보시기엔 어떨지 몰라도 도빈이 아직 다섯 살이에요. 나카무라 씨나 사카모토 씨를 못 믿는 건 아니지만 아직 어린아이라고요."

"제 생각이 짧았습니다."

그러나 어머니의 마음도 이해가 되긴 하다.

내가 아무리 괜찮다고 해도, 어머니에게 나는 그저 이제 갓 다섯 살밖에 되지 않은, 눈에 넣어도 아프지 않을 것만 같은 아들이다.

타지에 혼자 보낸다는 건 어머니나 아버지에게 있을 수 없는 상황.

'이해해 드려야지. 만나보곤 싶지만.'

조금 아쉽지만 살아 있다면 언젠가 볼 기회는 분명 생길 것이다.

어머니의 걱정을 덜어드리기 위해 입을 열었다.

"엄마, 저 비행기 싫어요. 가기 싫어요."

"도빈아."

어머니께서 나를 내려다보시더니 이내 쪼그려 앉아 나와 눈을 마주치셨다.

한동안 그렇게 말없이 나를 응시하시곤 한숨을 푹 내쉰다.

"도빈아, 엄마한테 거짓말하면 안 돼요."

"네?"

"도빈이 미국 가고 싶다고 얼굴에 다 적혀 있는데? 또 엄마

곤란해질까 봐 그러는 거지?"

깜짝 놀라 뒤집어질 뻔했다.

어머니께서 내 마음을 정확히 읽으셨기 때문이다.

그런 내색을 하지 않았다고 생각했기에 히무라를 보며 의아한 표정을 짓자, 히무라 역시 놀란 눈치다.

"도빈아, 엄마야. 도빈이가 하는 생각 엄마가 모를 것 같아?"

'무서운데.'

어머니의 위대함이라고 해야 하는가.

굳이 부정하지는 않았다.

이미 확신하고 계신 듯하니까.

"살아 있으면 언젠가는 인연이 닿겠죠. 무리해서 갈 필요 없어요."

"……."

"……."

뭔지 이유는 모르겠지만 어머니와 히무라가 갑자기 말이 없어졌다.

"으이구. 그런 말은 또 어디서 들었니?"

어머니께서 나를 꼭 안으시곤 시간을 확인하셨다.

"아, 이제 나가봐야 할 것 같아요. 이 일은 도빈이 아빠랑 이야기해 볼게요. 아직 두 달이나 남았으니 곧장 정하지 않아도 되죠?"

"그럼요. 괜찮습니다."

"네. 그럼 오늘도 도빈이 잘 부탁드려요. 도빈아, 엄마 일하러 갈게. 오늘도 음악 재밌게 해."

"네. 다녀오세요."

다시금 어머니의 사랑을 느끼며 나는 무슨 좋은 방법이 없을까 고민했다.

배도빈과 유진희가 이메일을 확인하고 나간 뒤 배영빈은 다시 자리를 차지하곤 인터넷을 하는 중이었다.

일요일이겠다, 학원을 갈 필요도 없으니 오늘은 애니메이션이나 게임에 대한 새로운 정보를 실컷 찾아볼 생각이었다.

그런데 포털 사이트 기사란에 눈에 들어오는 제목이 하나 있었다.

"여섯 살 천재 음악가……? 도빈이 이야긴가? 도빈이 다섯 살 아니었나?"

다른 것도 아니고 '죽음의 유물: 1부'에 사촌동생이 만든 곡이 수록되었기에 배영빈은 언젠가 이런 날이 오리라 생각하고 있었다.

'도리어 좀 늦은 편이지.'

학교 친구들에게 아무리 이야기를 해봤자 다들 거짓말로 생각할 뿐이라 억울했던 배영빈은 서둘러 기사 제목을 클릭했다.

그러나 친구들에게 자랑하기 위해 잔뜩 기대하고 있던 배영빈은 이내 시큰둥한 표정을 짓고 말았다.

거짓말쟁이라고 자기를 무시했던 반 친구들에게 증거를 보여주려 했는데 잔뜩 실망할 뿐이었다.

"뭐야. 도빈이 이야기 아니잖아? 최지훈?"

인터넷 기사의 내용은 최지훈이란 여섯 살 난 아이가 전국 학생 음악경연 대회 유치부에서 우승했다는 내용이었다.

더불어 최지훈은 벌써부터 작곡을 하는데, 그 수준이 매우 높아 여러 곳에서 음반 작업 제의를 받고 있다는 이야기도 함께 소개되었다.

"왜 이런 애 기사는 나는데 우리 도빈이 기사는 없는 거야?"

음악에는 아는 것이 없었던 배영빈이었지만, 척 봐도 비슷한 나이의 사촌동생 배도빈이 훨씬 더 대단하다는 생각이 들었다.

세계적인 인기를 끌고 있는 유명 시리즈 영화의 테마곡도 내지 않았는가.

아직 음악을 발표조차 못 한 아이와는 비교도 할 수 없다고 생각했다.

"……아닌가? 얘도 잘하는 건가?"

배영빈은 의아해하며 배도빈의 이름을 검색하기 시작했다.

"아, 있다. ……아니잖아."

그러나 동명의 다른 사람의 기사였고 음악가도 아니었다.

어디를 봐도 다섯 살 음악가 배도빈에 관한 이야기를 찾을
순 없었다.

"왜 없어? 우리 도빈이가 얼마나 대단한데?"

배영빈이 그렇게 씩씩대고 있을 때.

"영빈아! 주말이라고 그렇게 자꾸 게임만 할 거야? 엄마랑
교회 가야지!"

애써 모른 척하고 있던 이야기가 들려왔다.

"아…… 진짜 싫은데. 교회는 왜 자꾸 가자는 거야."

배영빈은 어쩔 수 없이 컴퓨터를 껐다.

"나갈게요."

"늦었다. 서둘러!"

"가요! 간다고요!"

녹음실에서 바이올린을 연습하다가 돌아오자 어머니께서
밥을 차리고 계셨다.

큰아버지와 큰어머니를 포함해 여섯 식구가 오랜만에 같이

하는 저녁 식사 자리다.

"그랬어?"

"네. 당신도 일 빠지기 어려울 텐데. 어쩌죠?"

"음. 도빈이가 가고 싶다면야 어떻게든 해야겠지."

어머니와 아버지는 오늘 오전에 있었던 일에 대해 이야기 나누시는 중이다.

굳이 또 내가 괜찮다고 하면 여린 아버지는 가슴 아파 하실 것이 뻔해서 묵묵히 밥이나 먹고 있는데, 배영빈이 입을 열었다.

"작은엄마, 도빈이 기사는 왜 안 떠요?"

"기사? 무슨 기사?"

"네. 도빈이랑 비슷한 나이인 애는 대회 입상했다는 것으로도 소개되던데."

"그러니?"

"네. 여기."

배영빈이 핸드폰을 만지더니 그것을 어머니께 보여드렸다.

"어머, 어린데도 기특하네."

"그러게."

어머니와 아버지께선 또 그것을 유심히 보신다.

신문에 나든, 그러지 않든 중요한 일은 아닌데 말이다.

"얘는. 신문에 나는 게 어디 쉬운 일인 줄 아니? 뭘 했다고 그런 데 소개되겠어."

'저 아줌마가.'

그러나 큰어머니가 내뱉은 무례한 말이 거슬릴 수밖에 없었다.

그러고 보니 일본이나 미국에서는 꽤 이야기가 나오는데 대한민국에서는 그런 이야기가 없었다.

내 음악이 팔리는 곳이 그쪽이라곤 해도 말이다.

어머니와 함께 보는 TV 프로그램을 보면 한국은 어린 천재에 대해 관심이 많은 모양.

수학 천재, 미술 천재, 노래 천재 등등 TV에 소개되는 어린 아이들이 많았던 탓에 나는 그걸 신기하게 보곤 했다.

'어린데도 산수를 저렇게 잘하네'라든지 말이다.

"아이, 그건 엄마가 몰라서 하는 말이고. 도빈이가 한 게 얼마나 대단한데요. 영화 음악도 만들었잖아요."

"그냥 적당히 넣었겠지. 그거 가지고 뭐."

"허, 당신은 그, 조카가 그런 일 하면 칭찬 좀 하면 어디 덧나요? 그 밥상머리 앞에서 굳이 그렇게 쓸데없는 말을 해야 하나."

"왜 나한테 뭐라고 그러세요? 참나. 그렇게 잘났으면 빨리 방이나 얻어서 나가지."

"……."

"……."

'저 아줌마가 미쳤나. 자꾸 짜증 나게 하네.'

지금은 큰아버지와 배영빈을 봐서 참고 있지만 언젠가는 본 때를 보여줘야겠다.

최근 들어 더욱 우리 가족을 못 잡아먹어서 안달이 났는데, 아버지께서 꾸준히 생활비를 드리고 있음에도 저러니 짜증이 안 날 수가 없었다.

저녁 식사 후.

"도빈아, 정말 괜찮아?"

"네. 괜찮아요."

저녁을 먹은 뒤 방으로 들어온 나는 어머니와 아버지가 곤란한 것이 싫어 미국에 가지 않겠다는 뜻을 내비쳤다.

그러나 두 분께선 여전히 내가 가고 싶은데 억지로 참는 거라 생각하시는 모양.

비행기를 타기 싫은 건 사실이었기 때문에 나는 다시 한번 고개를 저었다.

"그래도 도빈이에게 좋은 기회일 텐데."

"나중에 그 사람이 한국에 찾아오게 하면 돼요."

"응?"

"아쉬운 사람이 오는 거잖아요. 그 사람이 아쉬우면 찾아올 거예요. 그럼 돼요."

"……."

어머니께선 한동안 말을 못 하시더니 이내 웃으셨다.

"도빈이 요즘 말 많이 늘었네? 그런 말은 어디서 배우는 거니? 아빠 책에서 봤어?"

"……네."

한국말에 익숙해지면서 자연스럽게 조금씩 내 생각을 전달하는 일에도 익숙해졌는데, 어머니께서는 그것을 아버지의 책을 통해 배웠다고 생각하시는 모양이다.

뜻도 제대로 모르고 그냥 말하는 건 아닐까, 생각하시는 모양이지만 내게는 그렇게 생각해 주시는 편이 귀찮은 설명을 더는 일이다.

어머니께선 그래도 기특한지 내 뺨을 어루만지시는데, 문득 무엇인가를 떠올리신 것 같다.

"맞다. 도빈이도 이제 곧 유치원 갈 나이가 되었는데. 친구들 생기겠네?"

"유치원?"

"그래. 도빈이랑 비슷한 나이 친구들이 모여서 동요도 부르고 춤도 배우고 노는 곳이야."

동요를 부르고 춤을 배우며 노는 곳이라니.

생각만 해도 끔찍했다.

"꼭 가야 해요?"

"그럼. 도빈이 친구 만들고 싶지 않아?"

"친구라면 사카모토 료이치 있어요."

"사카모토 선생님도 좋은 친구지만 그래도 또래 친구 만들고 싶지 않아?"

또래라고 해봤자 다섯, 여섯 살 먹은 젖먹이일 뿐이다.

말도 통하지 않고 이성적 사고라고는 조금도 못 하는 미성숙자들과 함께하고 싶은 생각은 조금도 없었다.

"관심 없어요."

"도빈아, 친구라는 건 정말 좋은 거야. 좋은 일이 있을 때 함께 기뻐해 주고, 슬픈 일은 나눌 수 있고. 도빈이한테 큰 도움이 될 거란다. 도빈이처럼 음악을 좋아하는 친구가 있을 수도 있고. 방금 지훈이라는 친구처럼 말이야."

어머니께서 이렇게까지 말씀하시면 반드시 나를 유치원이라는 곳으로 보내시겠다는 생각이신 것 같다.

하지만 정말 그런 아이들에게는 조금도 관심이 없고 더욱이 내년 초에는 앨범을 완성하고 싶었기에 고개를 저었다.

"얼마나 다녀야 해요?"

"2년? 백 밤 자면 돼."

"……."

어머니께서 나를 속이려 하신다. 1년이 365일인데 어떻게 백 번 자면 된다고 하시는가.

너무 길다.

내가 놀라자 어머니께서 웃으신 뒤 나를 진정시키려 하셨다.

"걱정 마. 하루 종일 가 있는 게 아니고 아침에 가서 오후 3시까지만 다니면 돼. 도빈이 3시 알지?"

안다. 너무나 잘 안다.

아침에 가서 오후 3시까지 그런 쓸데없는 곳에서 시간을 보내야 한다니, 더욱이 짧게도 아니고 몇 시간이나.

진정 이건 아니라는 생각이 들었다.

"엄마, 저 앨범 만들어야 해요. 너무 길어요."

"앨범도 중요하지만 엄마는 도빈이가 친구도 사귀고, 공부도 했으면 좋겠는데."

마음이 맞는 벗이라면 나도 환영이다.

그것이 사카모토 료이치처럼 존경할 만한 음악가라면 더욱 좋다.

코흘리개 꼬맹이가 아니라면 말이다.

"공부는 할게요. 네?"

"도빈아, 자꾸 혼자만 지내면 외로울 텐데? 어른들하고만 놀면 나중에 도빈이 크면 친구 없어질 텐데 괜찮아?"

그러나 어머니께서는 어린 아들의 사회성을 염려하시는 모양.

내가 사회성이나 사교성이 있는 사람은 아니었지만 그래도 교류관계가 전혀 없지는 않았다.

물론 예전에는 내가 생각하기에도 불같은 성정이었다.

그때는 여러 상황이 겹쳤기에 나 자신도 나의 분노와 화를 조절하지 못했지만.

그래도 지금은 이야기가 다르다.

나를 괴롭히는 요인은 조금도 없으며, 도리어 행복에 겨울 정도.

내가 얌전히 지내는 것도 모두 이 새로운 환경에 충분히 만족하고 안락함을 느끼는 덕분인데, 어머니의 눈에서는 다르게 보이는 듯하다.

그러나 단언하건대.

친구를 만드는 게 싫은 것이 아니고.

코 찔찔이들을 상대하느라 음악을 할 시간을 빼앗기는 게 싫은 거다.

"가기 싫어요."

"그럼 엄마도 도빈이 음악 하는 거 싫어요."

"……."

어머니를 설득하는 건 어려울 것 같다.

그렇다면 낯이 간지러워 잘은 하지 않지만 아버지를 공략하는 수밖에.

"아빠, 도빈이는 유치원 가기 싫어요."

아버지에게 안기며 고개를 들어 올려다보자, 아버지께서는 난감하다는 듯 나와 어머니를 번갈아 보셨다.

그러더니.

"크, 크흠. 도빈아, 엄마 말씀 잘 들어야지?"

"……."

이제 아버지에게 애교를 부려드리는 일은 없을 것 같다.

"하하하! 그거 안타까운 일이군그래."

"웃지 마요."

한국에 일이 있어 방문한 사카모토 료이치가 시간을 내어 찾아왔다.

그에게 유치원을 가야 한다고 하소연을 했더니 호탕하게 웃을 뿐이었다.

사카모토라면 내 마음을 이해해 줄 줄 알았는데, 그도 어머니와 똑같은 말을 반복할 뿐이었다.

"뭐, 친구란 좋은 거지. 도빈 군에게 앞으로 큰 힘이 되어줄 거라네."

"음악 할 시간도 부족하단 말이에요."

"시간은 많이 있네. 도빈 군의 부모님도 도빈 군이 음악만 하며 살기를 바라진 않듯, 나 역시 그러하네. 많은 것을 보고 느끼며 살았으면 하지. 음, 또 경험이 많을수록 감수성도 풍부해질 테니까."

이 태평한 친구, 남의 속은 모르고 잘도 그런 말을 한다.

몇십 년간 청각을 잃고 하고 싶었던 음악을 다 하지도 못한 채 죽은 나는 인생이 덧없이 짧다는 것을 누구보다도 잘 알고 있다.

하나의 길을 걸어가는 것만으로도 남은 시간이 애석하게 느껴질 정도인데 말이다.

"그나저나 미국에 가지 못해 아쉬워."

"괜찮아요."

"음. 실은 11일 뒤에 그래미 어워드 시상식이 있어서 말이지. 도빈 군과 함께 참석하려고 했는데, 다음 기회를 봐야 할 듯하군."

"그래미 어워드?"

"음. 음악인들의 축제지."

사카모토 료이치는 그래미 어워드에게 대해 이것저것 말해 주었는데, 세계 각국의 천재들이 모인다니 나도 조금은 혹했다.

"뭐, 말했듯이 기회는 많으니까. 내년에는 어쩌면 수상자로 갈지도 모르고 말이야. 하하."

누가 내게 상을 준다면 누가 감히 나를 평가하냐고, 버릇없다고 꾸짖을 테지만 사카모토 료이치는 내심 그러길 바라는 듯했다.

"그러려면 준비하고 있는 앨범을 완성해야겠지. 지난번에 보여준 바이올린 독주곡은 인상 깊게 받았네."

"들어볼래요?"

"좋지."

히무라가 사준 바이올린을 들고 자세를 잡자 사카모토 료이치는 어린아이처럼 눈을 빛내며 나를 응시했다.

내 악보를 볼 때도, 피아노 연주를 들을 때도 저랬는데 참으로 솔직한 사람이라 생각했다.

조용히 눈을 감고.

'소풍'을 연주하기 시작했다.

소풍은 4악장으로 구성했으며 하나의 악기만 사용하는 만큼 단조로울 수 있는 것을 의식해 변화를 많이 준 곡이었다.

후대의 음악을 들으면서 바이올린에 대한 연구를 시작한 내게 있어서는 새로운 시도.

사카모토 료이치에게 들려줄 것은 3악장.

내 기쁨을 나타낸 정수다.

연주를 마치고 눈을 뜨자 그것이 성공적이었음을 깨달을 수 있었다.

사카모토 료이치가 여운을 즐기듯 눈을 감고 미소를 짓고 있었다.

그가 눈을 뜰 때까지 기다려 주자 이윽고 사카모토가 박수를 보냈다.

"대단해. 악보만 봤을 때보다도 훨씬 와닿는군. 도빈 군이 바이올리니스트로서도 재능이 있는 줄은 몰랐구만. 이만하면 당장 연주자로 활동해도 되겠어. 하하하!"

사카모토 료이치의 진심 어린 말에 나 역시 웃을 수 있었다.

"그럼요."

"그러고 보니 이전에 이승희 양이 바이올리니스트를 찾는 것 같던데. 흠. 한번 물어봐야겠군."

"이승희?"

"아아. 자네도 알고 있겠군. 부활의 녹음을 함께했다지?"

"네."

"바이올린 연주자를 찾는다는 이야기를 했던 것 같아서 말이야. 늙어서 그런지 잘 기억나질 않는군."

사카모토 료이치는 고민을 하다 싶더니 이내 포기하고 말았다. 그러곤 쓸데없는 말을 꺼냈다.

"아무튼 유치원 입원을 한다고 하니 축하하네. 하하하하."

"……."

뭐가 그렇게 웃기는지 사카모토는 한동안 웃음을 멈추지 않았다.

이후.

한국에 남은 며칠간, 그는 내 바이올린 연주에 영감을 얻어 내게 한 가지 제안을 했는데.

바로 그와 함께 협주를 하는 것.

그가 고른 악기가 클래식 기타라는 것을 알았을 때 나는 이 신선한 조합에 흥미를 느껴 곧장 즉석해서 곡을 만들었고.

사카모토와 함께 조율한 끝에.

첫 앨범의 여덟 번째 곡으로 삼았다.

해가 바뀌어 2011년 봄.

사카모토 료이치와 바이올린과 기타를 위한 현악 협주곡 두 곡을 만드는 사이에 그날이 오고야 말았다.

"우리 도빈이 너무 귀엽다."

"도빈아, 아빠 봐봐. 사진 한번 찍자."

"싫어."

"응?"

"아빠 싫어요."

"도, 도빈아."

아버지께는 다시는 애교를 부려드리지 않는다고 마음먹었다.

그러나 결국에 울먹이는 아버지를 보며 작게 한숨을 쉬고 포기할 수밖에 없었다.

어머니께서는 노란색 가방을 메고 있는 나를 끌어안으셨고, 아버지께서는 핸드폰으로 내 사진을 찍기 위해 이리 움직이고, 저리 움직이셨다.

그간 유치원에 가기 싫어 이것저것 해보았지만, 결국엔 현대 대한민국에서 살아가기 위해 최소한의 환경은 접해야 한다고 내 생각을 접을 수밖에 없었다.

어머니를 슬프게 만들 수 없기 때문이다.

그렇게 나는 처음 보는 아가씨의 손을 잡고는 버스보다는 조금 작은 차에 타 유치원이라는 곳으로 끌려갔다.

"안녕? 넌 누구야?"

"……."

"이름이 모야?"

차에 올라타자마자 어린아이들이 내게 말을 걸기 시작.

한숨을 푹 내쉬자 이내 내게 관심을 끊고 저들끼리 놀기 시작한다.

고통받을 것 같다.

"어린이 여러분, 자기소개 시간이에요. 다들 처음 보는 친구들에게 자기 이름과 어디에 사는지 그리고 무엇을 좋아하는지 말해보는 시간이에요."

"어떻게 하는 거예요?"

'방금 설명 들었잖아.'

그러나 유치원 교사는 꽤 능숙해 보이는 사람이었다.

한심한 질문에도 아랑곳하지 않고 보다 쉽게 풀어 설명해 주었다.

"이렇게 하는 거예요. 선생님을 잘 따라해 보세요. 저는 김다래입니다. 행운동에 살고요. 아이스크림을 좋아해요. 어때요. 잘할 수 있겠죠?"

"네!"

유치원 교사 김다래 씨의 설명 뒤로 한 사람씩 일어서서 자기소개를 했는데, 뭐가 그리 재밌는지 다들 꺄르륵, 꺄르륵 웃어 댔다.

나는 도대체 어디서 이들에 맞춰 웃어야 하는지 모르겠다.

"자, 그럼 다음은 우리 친구. 소개해 볼까요?"

"저요?"

"네. 친구요."

김다래 씨와 유치원생들의 이목이 내게 집중되었고 나는 어쩔 수 없이 일어섰다.

"이름은 배도빈입니다. 행운동에 살고 음악을 좋아합니다."

"와, 도빈이는 말투가 엄청 어른스럽구나?"

"선생님! 음악이 뭐예요?"

"음악? 도빈아, 음악이 뭔지 친구들에게 알려줄 수 있니?"

"……."

김다래 씨의 말을 듣곤 주변을 둘러보았다.

코를 찔찔 흘리고 있는 친구도 있고, 말똥말똥한 눈으로 나를 보는 애도 있고.

기껏 음악이 뭐냐고 물어본 아이는 옆에 있는 애랑 손장난을 치고 있다.

"……무리예요."

무리다.

♪

"자, 어린이 여러분. 오늘은 동요를 배워볼 거예요. 선생님을 따라서 율동을 하며 즐겁게 불러 봐요."

"네!"

♪♫♪♪

단조로운 멜로디가 반복되면서 어린아이의 목소리가 들리

기 시작했다.

그것을 유치원 교사 김다래(29세) 씨가 따라 부른다.

엉덩이를 씰룩이면서.

"꽃밭에는 꽃들이 모여 살고요~"

4분의 4박자. 음 변화가 많지는 않지만 쉬운 멜로디에, 반복이 되어 아이들이 기억하기에도 좋다.

동요라는 관점에서 보면 참으로 잘 만든 곡인데, 문제는 전생과 이생을 합쳐 육십 먹은 내가 그걸 부르면서 엉덩이를 씰룩여야 한다는 점이었다.

"……."

"선생님! 도빈이가 안 하고 가만있어요!"

"도빈아 왜 그래? 화장실 가고 싶어?"

아니다, 이 아가씨야.

"그냥요."

딱히 뭐라 할 말이 없어 그리 답했거늘, 김다래 씨는 흔히 듣는 투정으로 보였던 것 같다.

"노래 부르는 게 얼마나 재밌는 일인데. 같이 해보자. 친구들도 같이하잖아. 친구들, 도빈이 친구한테 같이하자고 해볼까요?"

"같이하자~"

정말 어쩔 수 없이 고개를 끄덕일 수밖에 없었다.

씰룩씰룩.

"착하고 귀여운 아이들의 꽃동산."

씰룩씰룩.

"……."

♪

"아아아악!"

저녁 시간에 퇴근한 배영준은 아들이 소리를 지르는 모습을 처음 보고는 깜짝 놀라 아내에게 물었다.

"도빈이 무슨 일 있었어?"

"유치원에서 무슨 일이 있었던 거 같아요. 물어봐도 대답도 안 하고. 선생님에게 물어도 며칠간 잘 지냈다는 이야기밖에 없고요."

"흐음."

아기 때도 울거나 소리를 지르는 법이 거의 없었던 배도빈이었기에 배영준은 뭔가 일이 있었으리라 확신했다.

그 이야기를 유진희에게 하자 그녀 역시 남편과 같은 생각이었다.

"친구하고 싸웠을까요?"

"글쎄. 그래도 우리 도빈이 어른스럽잖아. 우선 진정하고 물어보면 이야기해 줄 거야."

배영준은 조심스럽게 문을 열었다.

유치원에 다닌 지 이제 일주일이 된 어린 아들이 베개에 얼굴을 파묻고 있었다.

"도빈아, 아빠 왔다."

생전 그런 법이 없었거늘.

아빠 왔다는 말에도 악보나 들여다보고 있던 배도빈이 그날 처음으로 고개를 벌떡 들어 배영준을 본 뒤에 달려들었다.

그러곤 배영준에게 꽉 안기며 외쳤다.

"아빠, 나 유치원 진짜 싫어요. 가기 싫어."

최근 전과 달리 냉랭해진 아들이 이렇게나 간절히 말하자, 배영준은 아들이 자신을 싫어하는 게 아니라고 안심하면서도.

정말 큰일이라고 생각했다.

To Be Continued

• 부록 •

1악장 베토벤과 리스트에 대하여

프란츠 리스트가 말년에 회고하길, 베토벤이 그의 두 번째 빈 연주회에서 칭찬과 키스를 해주었다고 한다.

이에 대해 여러 이야기가 있는데, 이 이야기가 프란츠 리스트의 과장이 섞인 것이라는 주장이다. 리스트가 말한 1823년은 베토벤이 이미 청력을 잃은 시기였던 탓에 그 이야기는 어느 정도 신빙성을 가진다.

물론 옹호하는 주장도 있다. 바이올린을 연주하는 모습만 보고도 연주가 제대로 되는지 알아보았던 베토벤이었기에, 그라면 리스트의 수준을 알아볼 수 있었을 거라는 이야기다.

그 외에도 형식상의 인사였을 거라는 이야기, 그 괴팍한 베토벤이 예의를 차리고자 그런 말을 했을 리 없다는 이야기 등 여러 추측이 있다.

그러나 두 사람이 만났을 거라는 데에는 대부분 긍정적으로 바라본다. 바로 프란츠 리스트의 아버지 아담 리스트와 베토벤 사이에 교류가 있었기 때문이다.

아담 리스트는 에스테르하지 가문의 집사였다. 에스테르하지 가문은 당시 요제프 하이든을 가문의 전속 음악가로 두고 있었고 이를 계기로 아담 리스트는 요제프 하이든과 그의 제자 루트비히 판 베토벤 등과 교류하였다고 알려졌다.

〈다시 태어난 베토벤〉에서는 두 음악가의 만남이 있었지만 베토벤이 당시 어린 리스트를 크게 생각지 않았다는 설정으로 서술되었다.

2악장 바흐와 베토벤에 대하여

"Nicht Bach, sondern Meer sollte er heißen."

루트비히 판 베토벤은 바흐를 가리켜 '그는 개천이 아니라 바다라 불려야 한다'고 말했을 정도로 그를 깊이 존경했다.

베토벤은 스승 크리스티안 고틀롭 네페를 통해 바흐의 대위법을 공부했고 그의 초기 곡까지 영향이 남아 있을 정도로 깊게 매료되어 있었다.

놀라운 전개와 돌출, 기상천외한 도전적 시도를 하면서도 루트비히 판 베토벤의 곡이 견고한 완성도를 보이는 것은 이 덕분이지 않을까?

2악장 야샤 하이페츠에 대하여

리투아니아(당시 러시아 제국) 출신의 바이올리니스트 야샤 하이페츠(1901~1987)는 흔히 역사상 최고의 바이올린 연주자로 손꼽힌다. 그의 천재성에 대한 여러 일화가 있는데 그중에서도 프리츠 크라이슬러의 말이 유명하다.

파가니니, 사라사테와 비견되는 바이올리니스트 프리츠 크라이슬러는 하이페츠의 연주를 듣고 짐발리스트에게 '자네나 나나 이제는 바이올린을 집어 던져 박살 내야겠네'라고 말했었다.

당시 야샤 하이페츠의 나이가 12살.

초인적인 기교로 바이올린 연주의 새 시대를 열었다고 평가받는 그는 지금도 여러 클래식 음악 팬들에게 사랑받고 있다.

4악장 루트비히 판 베토벤은 어떻게 발음할까?

루트비히 판 베토벤, 특히 그의 성 베토벤을 정확히 읽는 법에 대해서는 사실 확실한 바 없다.

독일에서도 지방에 따라 베트호번, 베트호펀, 베트호픈 등 여러 말로 불리고 네덜란드 쪽에서는 베이트호번, 베이토번, 비이토븐 등으로 부르는 것처럼 정말 여러 발음으로 불린다.

따라서 공정성을 위해 〈다시 태어난 베토벤〉에서는 외래

어 표기법(독일어)에 따라 루트비히 판 베트호펜으로 표기하였
지만 이것이 온전한 발음은 아니다.

그의 성 Beethoven은 네덜란드어로 사탕무를 뜻하는 Beet
에 밭을 뜻하는 Hoven이 결합된 단어다.

이러한 형태는 세계 각지에서 쉽게 찾아볼 수 있는 방식인
데 따라서 루트비히 판 베토벤은 사탕무를 재배하는 집의 루
트비히라든가 사탕무밭 근처에 사는 루트비히라는 식으로 이
해할 수 있다.

베토벤이 한국에 소개될 때는 음차를 사용해 배도변, 변도
변 등으로 불리기도 했는데 〈다시 태어난 베토벤〉의 주인공
이름 후보가 되기도 했었다.

4악장 사카모토 류이치에 대해

1952년생. 세계적인 명성을 떨치고 있는 일본의 음악가.
교수 또는 세계의 사카모토로 불리기도 한다.

〈다시 태어난 베토벤〉에서는 사카모토 료이치로 각색. 본
문에 소개되지는 않았지만 소설 속 설정상 한자로는 '坂本遼
一'라고 쓴다.

실제 인물은 아시아 최초 아카데미 음악상을 수상했고 골
든 글로브와 그래미 어워드를 석권했으며 클래식은 물론 민속
음악, 재즈, 탱고, 전자, 환경, 뉴에이지, 힙합까지 다양한 장르

의 음악성을 보여주는 올라운드 음악가다.

특히 마지막 황제(The Last Emperor, 1987), 마지막 사랑(The Sheltering Sky, 1990), 철도원(Poppoya, 1999) 등에서 깊은 음악성을 인정받았다.

2014년 인두암으로 투병, 2015년에 복귀했으며 공식 석상에서 아베 신조 정부를 규탄, 헌법과 민주주의 수호를 주장하기도 했다.

자신의 음악이 한 장르에 국한되는 것을 경계하며 다양한 변화를 시도하는 위대한 음악가 중 한 명이다.

〈다시 태어난 베토벤〉에서는 이러한 점을 모티프로 배도빈과 동등한 위치에서 음악적 사상을 공유하고 함께할 수 있는 유이한 인물로 그려졌다.

그 높은 명성에 어울리지 않게 귀여운 할아버지다.

5악장 베토벤 피아노 소나타 17번에 대하여

작품 번호 31에 속한 16, 17, 18번 소나타는 베토벤의 정체성이 확립되기 시작한 시기의 곡들이다.

1801년, 베토벤의 청력은 날이 갈수록 안 좋아졌고 줄리에타와의 관계도 신분과 나이 등으로 반대되었다. 이러한 여러 이유로 베토벤은 죽음까지 고려하며 요양지였던 하일리겐슈타트에서 유서를 작성하기까지 이른다.

그러나 고통을 받아들이고 당당히 헤쳐 나가길 선택한 베토벤은 끝끝내 자신과의 싸움에서 벗어나 음악사에 길이 남을 명곡을 만들어내기 시작한다.

그중 피아노 소나타 17번은 베토벤의 음악 중에서도 가장 널리 사랑받는 명곡 중의 명곡으로 흔히 템페스트라 알려져 있다.

이 이름이 사랑받는 사실과 별개로 이름이 붙여진 계기는 다소 미심쩍은데, 베토벤이 직접 붙인 이름이 아니라 그의 사후 안톤 쉰들러에 의해 알려진 일화로 붙여진 이름이기 때문이다.

안톤 쉰들러는 자신이 베토벤에게 17번 소나타를 설명해 주길 바랐고 베토벤이 셰익스피어의 템페스트를 읽어보길 권해주었다고 밝혔는데, 안톤 쉰들러의 여러 만행으로 알 수 있듯이 그의 말은 신뢰하기 어렵다.

그러나 베토벤이 괴테와 더불어 셰익스피어의 작품을 좋아했다는 것만은 사실.

비극으로 유명한 셰익스피어의 다른 작품과 달리 그의 마지막 희곡 템페스트는 희망적인 결말을 보였기에 이것이 1801~1802년 사이 고뇌했던 베토벤에게 어떠한 힘이 되어주었을지는 아무도 모르는 일.

베토벤의 작품 세계를 관통하는 고뇌와 좌절, 절규 끝의 극복의 환희가 잘 나타난 작품이다.

6악장 불멸의 두 음악가

베토벤과 모차르트의 음악은 200년이 흐른 지금도 널리 사랑받고 있다.

모차르트의 경우 2016년, 미국에서 가장 많은 음반을 판매한 음악가이기도 하다(2016년 12월 7일 빌보드 발표).

모차르트 사후 225주년을 맞이해 작업된 '모차르트 225'가 6,250세트나 팔렸기 때문.

이 정보를 접한 이는 6,250세트밖에 안 팔렸는데 2016년 가장 많은 음반을 팔았다는 이야기에 의문을 가지겠지만, '모차르트 225'는 한 세트에 모차르트의 교향곡과 협주곡을 모두 담은 제품으로 수록된 CD는 200장이다.

즉, 2016년 한해에만 6,250세트가 팔렸으니 125만 장의 앨범을 판매했다는 다소 과장 섞인 이야기.

그러나 팝 음악이 아니라 클래식 음악 앨범이 가장 많이 팔렸다는 점과 그의 음악이 2014년 기준 1,000여 편에 달하는 영화에 사용되었다는 점은 모차르트라는 위인이 얼마나 오래 사랑받고 있는지 알 수 있다.

베토벤의 경우도 마찬가지다. 베토벤의 음악은 2014년 기준 850여 편에 달하는 영화에 사용되어 해당 부문에 있어 모차르트와 함께 1, 2위를 기록했다.

베토벤은 또한 그 투쟁적 삶과 음악에 대한 광기어린 집착 등으로 영화, 드라마, 애니메이션, 만화, 소설에 이르기까지 여러 매체를 통해 소개되었고 여러 음악가 중에서도 가장 많이 각색되기도 하였다.

위대한 두 음악가가 200년이 지난 지금도 우리 삶에 녹아들어 함께하고 있으니 이 얼마나 가슴 벅찬 일인지 모른다.

(모차르트와 베토벤의 곡은 몇 편의 영화에 사용되었을까? 2014년 EBS 문화센터 클래식 라이벌 열전 모차르트 VS 베토벤 中 영화기획자 고형욱의 말 인용)

7악장 베토벤 9번 교향곡의 초연에 대해

1824년 5월 8일.

캐른트너토르 극장에서 베토벤의 9번 교향곡, 합창이 초연된 날이다.

베토벤은 그의 대규모 오페라 피델리오를 직접 지휘했으나 청력 문제를 해결하지 못하고 어려움을 겪었다. 그러한 경험을 통해 고집을 꺾은 베토벤은 9번 교향곡 초연에 있어 함께할 지휘자를 구했고 그가 바로 미하엘 움라우프였다.

영화 〈카핑 베토벤(Copying Beethoven, 2006)〉에서 각색되기도 했던 이 일화는 연주에 감동한 관객들이 다섯 번이나 기립

박수를 보냈음에도 베토벤이 그 소리를 듣지 못해 가만히 서 있다는 안타까운 이야기다.

독창을 했던 카롤리네 웅거가 베토벤의 손을 이끌어 관객들을 보도록 하자, 베토벤은 그제야 박수와 환호를 보내는 이들을 볼 수 있었고, 베토벤이 소리를 듣지 못한다는 사실을 안 관객들은 모자를 던져 올려 예를 다했다고 한다.

여담으로 캐른트너토르 극장은 지금의 자허 호텔에 위치했는데 왕실의 특혜를 받았다가 중지당하기도, 화재가 나 전소되기도 했으며 끝끝내 슈타츠오퍼 등 여러 극장이 새로 만들어지며 철거되고 말았다.

7악장 베토벤의 악필

베토벤의 악보는 그의 고질적인 악필과 여러 수정으로 인해 보기 어렵기로 유명하다.

특히 9번 교향곡은 이러한 문제로 유명한데 〈다시 태어난 베토벤〉에서 소개된 데크레셴도와 테누토 등은 악보를 옮기는 과정에서 생긴 오류라는 주장이 신뢰를 얻고 있다.

2악장에서 목관 악기가 현악기에 묻히는 것은 멘델스존도 지적했을 정도니 베토벤 악보의 필사본에 표기 오류가 얼마나 많은지는 알 수 있는 일화다.

〈다시 태어난 베토벤〉의 배도빈은 악보만으로는 차마 다담을 수 없는 정보를 추가하기 위해 강한 부분에는 힘을 주고, 여린 부분에는 짧게 끊는 식으로 표현한다고 포장하지만 주변 인물들에 의해 인정받지 못한다.

맛김 현대 판타지 장편소설
WISHBOOKS MODERN FANTASY STORY

책 먹는 배우님

"재희야, 너는 왜 대본을 항상 두 권씩 챙기냐?"

하나는 촬영장에 들고 다니며 남들에게 보여주는 용도,
또 다른 하나는

[드라마 〈청춘열차〉가 흡수 가능합니다.]
[대본을 흡수하시겠습니까?]

내가 먹을 용도로 쓰인다.
나는 대본을 집어삼켜, 오로지 내 것으로 만든다.

책 먹는 배우님

대본을 101% 흡수할 수 있는 배우,
재희의 이야기.